KB232378

생활 여행자

생활 여행자

발행일   2026년 1월 5일

지은이   위광선
펴낸이   손형국
펴낸곳   (주)북랩

출판등록   2004. 12. 1(제2012-000051호)
주소   서울특별시 금천구 가산디지털 1로 168, 우림라이온스밸리 B동 B111호, B113~115호
홈페이지   www.book.co.kr
전화번호   (02)2026-5777   팩스   (02)3159-9637

ISBN   979-11-7598-008-2 03810 (종이책)   979-11-7598-009-9 05810 (전자책)

작가 연락처 문의 ▸ ask.book.co.kr

전용 게시판에 문의를 남기시면 저자에게 직접 전달됩니다.

(주)북랩 성공출판의 파트너

북랩 홈페이지와 SNS에서 다양한 출판 솔루션을 만나 보세요!

홈페이지 book.co.kr   •   **블로그** blog.naver.com/essaybook   •   **출판문의** text@book.co.kr
카톡채널 북랩

생활 여행자

위광선 에세이

백두대간에서 지구 끝 섬까지,
생활 여행자의 사유하는 삶의 철학

일상의 틈새에서 걸음을 늦추는 지금 이 순간,
생활은 여행이 되고, 일상은 사유의 무대가 된다.

문을 열며

바람이 문을 두드린다.

낯선 길이 나를 부른다.

익숙한 일상 속 틈새에서, 나는 문을 열었다.

삶은 선택의 연속이다. 던져진 주사위는 우연 같지만, 결국 내 발걸음이 만든 길이다.

어쩌면 이 여정은 혼자가 아니다. 길 위에서 만난 사람, 풍경, 감정, 이 모두가 내 동반자였다.

길을 걷다 풍경 속의 낯선 나를 만났다. 익숙한 나를 벗고, 낯선 나를 입는 순간, 여행은 그렇게 시작되었다.

무공도 부부가 40여 년간 걸어온 삶의 여정, 낯선 길 위에서 문을 열며 마주한 풍경과 마음속에 남은 이야기들을 담아 이 글을 시작한다.

때로는 설렘으로, 때로는 고요한 사색으로 채워진 여정 속에서 나는 조금씩 다른 사람이 되어 갔다.

이 에세이는 그 변화의 흔적이며, 길 위에서 만난 삶의 조각들이다. 지금 이 순간, 당신과 함께 그 길 위를 다시 걸어 보려 한다.

인생은 한 번뿐인 여행이다. 나는 그 무대 위에서 동반자(아내)와 함께 사계절을 건너고, 바람을 따라 걸으며 길에게 물었다.

이 책의 서문을 덮는 순간에도 이미 여행을 시작하고 있었다.

여행 조각들은 여정의 지도이자 나침반이다.

걷는 삶, 머무는 여행, 나는 떠나지 않았다. 그저 조금 다르게 살아보기로 했다.

낯선 도시의 아침 햇살 아래, 낯선 환경과 언어 속에서 조금은 느리게, 조금은 깊게 하루를 살아내는 연습을 시작했다.

지도는 펼쳐 두었지만 목적지는 정하지 않았다.

길이 이끄는 대로, 마음이 머무는 곳에 작은 삶의 여행을 심어 보았다.

여행은 멀리 떠나는 것이 아니라, 지금 이 순간을 낯설게 바라보는 일. 생활은 반복이 아니라, 매일을 새롭게 맞이하는 용기. 이 책은 그런 여정의 느낌을 기록한 글이다.

걷고, 머물고, 바라보며 조금씩 나를 알아가는 이야기.

당신도 혹시, 삶을 여행처럼 살아보고 싶다면 느린 걸음에 함께 발을 맞춰 보기 바란다.

길 위에서 삶을 다시 만나다

함께 백두대간과 정맥을 따라 걸었고, 지구를 두 바퀴 여행하며 수많은 길을 지나왔다. 때로는 숨이 턱 막히는 고갯길에서, 때로는 낯선 도시의 골목에서, 우리는 삶의 본질을 다시 마주했다.

여행은 단순한 이동이 아니었다.

자연의 숨결과 사람들의 온기를 느끼며, 우리 자신을 조금씩 벗겨내는 시간이었다. 이 에세이는 그 긴 여정의 기록이며, 우리가 길 위에서 배운 것들에 대한 고백이다.

지금 이 글을 펼친 당신도, 어쩌면 마음속 어딘가에 꼭 가보고 싶은 길을 꿈꾸고 있을지 모른다. 그렇다면, 우리와 함께 이 여정에 잠시 걸음을 맞춰 보는 건 어떨까?

운명과 선택

앵두나무 아래서, 나는 처음으로 '나'를 의식했다.

나는 꿈을 꿨다. 그것은 단순한 환상이 아니라, 존재의 서곡이었다.

자연은 설계하지 않는다. 그것은 단지 존재할 뿐이다.

그러나 인간은 설계한다. 삶을, 관계를, 미래를…. 행복이 보일 때까지.

그 나무는 매년 봄이면 붉은 열매를 맺었고, 나는 그 열매를 보고 따먹으며 세상을 배웠다. 그 열매는 달콤했지만 씨앗은 단단했고, 그 단단함은 나에게 질문을 던졌다.

"너는 누구냐?"

나는 그 질문에 대답할 수 없었다.

왜냐하면, 나는 선택하지 않은 이름을 가지고 있었다.

선택하지 않은 가족 안에서 자랐으며, 선택하지 않은 시대를 살아가고 있었기 때문이다.

운명은 주사위처럼 던져졌다.

그 주사위는 내가 던진 것이 아니었다.

그러나 나는 그 눈금 위에 서 있었다.

하나는 고독이었고 눈치였으며, 또 하나는 생존이었다.

또 하나는 자존감의 씨앗이었고, 또 하나는 자연의 설계도였으며, 마지막으로 '나'라는 존재의 가능성이었다.

나는 그 주사위의 눈금을 하나씩 밟으며 자랐다.

어떤 날은 나와 생존 사이에서 울었고, 어떤 날은 고독과 존재감 사이에서 꿈을 꾸었다.

그리고 마침내, 나는 주사위를 다시 던질 수 있다는 사실을 알게 되었다.

그것이 선택이었다. 선택은 운명을 바꾸는 유일한 기술이었다.

나는 선택했다. 자연을 선택했고, 동반자를 선택했으며, 길

생활 여행자

위의 삶(여행)을 선택했다.

그 선택은 나를 평범한 여행자에서 생활 여행자로 만들었다.

그 여행은 나를 오감으로 '건강한 몸과 마음'의 생활 여행자로 이끌었다.

선택은 우연을 가장한 필연이다.

나는 주사위를 쥐고 있었다. 여행을 떠날 때마다 나는 선택의 순간에 서 있었다. 그 선택은 때로는 두려웠고, 때로는 설렜다.

그러나 결국, 선택은 나의 것이었다. 주사위는 운명의 상징이 아니라, 의지의 상징이었다.

좁은 문, 그리고 숙명적인 만남

호텔 로비의 비상문, 약속 시간을 넘겨 일어서 나가는 순간 좁은 문에서 그녀를 다시 만났다. 그것은 우연이었지만, 필연이 되었다.

좁은 문은 선택의 문이며, 통과한 자만이 새로운 세계를 본다.

사람들은 그 문을 지나치지만, 우리는 그 문을 열었다.

좁은 문은 선택이었다.

넓은 문은 편안했지만, 우리는 불편함을 선택했다.

그녀는 엉뚱했고, 나는 고집스러웠다.

그녀는 발랄했고, 나는 조용했다.

우리는 서로의 부족함을 알아보았고, 그 순간부터 삶의 동행이 시작되었다. '가시버시(남편과 아내, 부부)'라는 말은 오래된 단어지만, 우리에게는 새로운 의미였다.

함께 걷는다는 것은 서로의 무게를 나누는 일이었다.

동반자는 거울이자 나침반이다. 우리는 서로의 거울이 되었다.

나는 그녀에게서 나를 보았고, 그녀는 나에게서 자신을 보았다.

길 위에서 '나'를 만나다

걷는다는 건 갈림길과 만나는 길을 거쳐 돌아가는 일이다.

여행하는 삶은 늘 선택의 연속이었다.

우리는 주사위를 던지듯, 때로는 의지로, 때로는 운명처럼 길을 정했다.

그 길의 시작점은 '틈'이었다. 제도와 비제도 사이, 일상과 비일상의 사이, 나와 자연의 사이.

삶과 죽음 사이, 그러한 틈새에서 나는 '생활 여행자'가 되었다.

자연은 말이 없었고, 우리는 그 침묵 속에서 스스로를 되새겼다.

생활 여행자

공항은 떠남의 문이자 돌아옴의 창이다.

　동반자인 아내와의 숙명적 만남은 호텔 로비의 좁은 비상문 앞이었다.

　그 쪽문을 열며 우리는 단순한 여행자가 아닌, 존재의 전환을 시작했다.

　우리는 누구나 고독한 존재이지만 함께 걷는다.

　부부로서, 가족으로서, 친구로서, 동료로서 같은 길을 걷는 듯하지만, 그 길 위에서 각자의 그림자는 늘 다른 방향으로 뻗어 간다.

　한 방향을 향한 한 손이지만 손바닥은 품으려 하고, 손등은 밀어내려 한다. 같은 몸에서 태어난 두 면은 늘 반대의 방향과 진실을 가리킨다.

손처럼 공동체는 따뜻하다. 그러나 그 안에서 생존은 차갑다. 풍경, 경계, 문명이 생기고, 조건은 붙고, 함께 있음 속에서 홀로 아리랑은 시작된다.

머리와 다르게 논리적으로는 설명되지 않는 여행 같은 삶은 그냥 개연적으로 흘러갈 뿐이다.

논리로는 닿을 수 없는 곳에 나는 서 있다. 사랑하면서도 경쟁하고, 함께하면서도 고립된다. 그래서 우리는 같은 손을 가진 다른 이들과 서로를 이해하려 애쓰며 살아간다.

같은 길을 걷지만, 결국 혼자 도착하는 여행자의 홀로 아리랑처럼, 길 위에서 만난 낯선 '나'를 걸어 보기로 한다.

태즈매니아 와인글라스 베이(호주)

(3부) 질문 - 문명의 잔해 속에서 나를 묻다

설악산
월악산
치악산
오대산
북한산
태백산
속리산
소백산
태안
해안
주왕산
계룡산
팔공산
덕유산
변산
반도
경주
내장산
가야산
한려
해상
지리산
월출산
무등산
다도해
해상
한라산

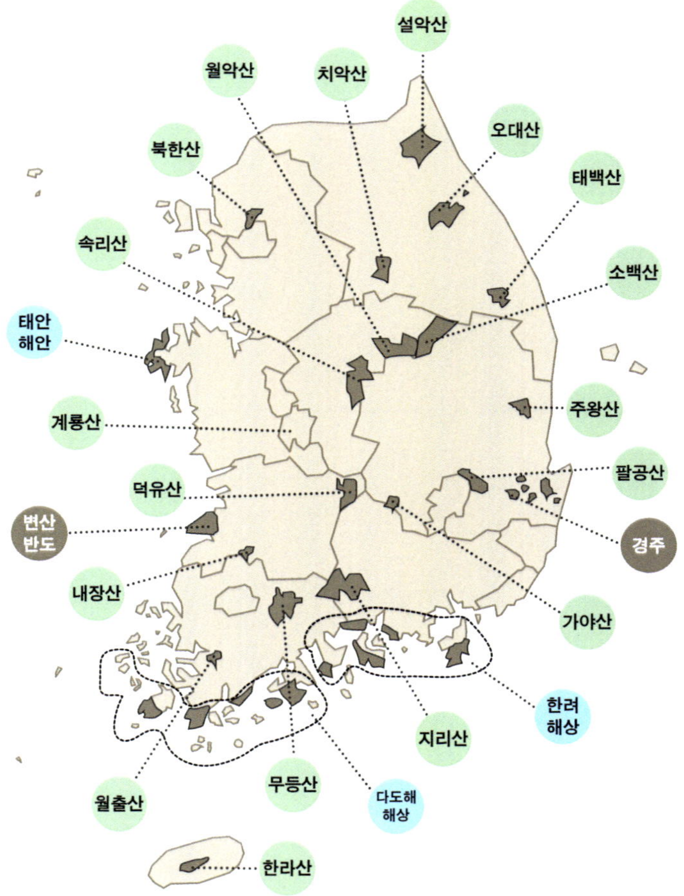

우리나라 국립공원

1부

숨결 : 풍경 속의 낯선 '나'를 걷다

"풍경은 거울이다. 나는 그 속에서 나를 본다."

배낭을 멘 부부의 뒷모습.

1장 /
틈새에서 시작된 자유

"무공도 부부는 40여 년 틈새 내내 오지, 산과 강,
바다와 섬으로 명산·명소를 찾아 걷고 또 걸었다

"자유는 틈새에서 피어난다.
그 틈은 도망이 아니라, 되돌아봄이었다."

틈새는 되돌아봄이었다. 회피나 도망이 아니었다.

무공도 부부의 첫 배낭여행은 단순한 이동이 아닌, 존재감 회복의 여정이었다.

제도권은 안전하지만 경직되어 있고, 비제도권은 위험하지만 자유롭다. 우리는 그 틈을 걷기로 했다. 존재의 방식이었다. 삶의 일부로 받아들였다. 존재감은 타인의 시선에서 벗어날 때 생기고, 자존감은 자연 속에서 회복된다.

나는 지하철을 기다리는 몇 분, 창밖을 바라보는 짧은 순간, 낯선 골목에서 길을 잃은 찰나에 여행을 시작했다.

처음엔 도망치듯 떠났다. 일상이라는 무게에서 벗어나고 싶었고, '여행자'라는 이름이 주는 자유로움에 기대고 싶었다. 그러나 그 자유는 낯설었고, 그 낯섦은 곧 나를 되돌아보게 했다.

여행은 시작점이자 존재의 전환점이다. 자연과 인간 사이, 제도권과 비제도권 사이, 그 틈새에서 시작된 삶의 여정이 펼쳐진다. 여행은 단순한 이동이 아니라, 자존감을 회복하고 타인의 시선에서 벗어나는 자기 발견의 과정이다.

삶은 늘 선택의 연속이었다. 우리는 주사위를 던지듯 때로는 의지로, 때로는 운명처럼 길을 정했다. 제도권의 틀에서 벗어나 비제도권의 틈새를 걷기로 한 그 순간부터 우리는 '생활 여행자' 가 되었다.

존재감은 타인의 시선에서 벗어날 때 비로소 생긴다. 자존감 은 자연 속에서, 걷는 삶 속에서 회복된다. 우리는 타인의 시선 (눈치)을 의식하지 않고, 자연의 숨결을 따라 걷기 시작했다.

그 첫 걸음이 내 삶을 바꾸었다.

무공도 부부의 첫 배낭여행

무공도 부부의 여행은 '관리된 자유'였다. 그것은 일상 속의 즉흥, 절제 속의 낭만이다. 즉 여행을 통해 자신을 관리하고, 삶을 정돈하는 것이다. 여행은 우리에게 일탈이 아니라 일상이 다. 우리의 철학은 '지속 가능한 여행'이며, 그것은 곧 '지속 가 능한 삶'이다.

무공도 부부의 자기 관리 방식의 삶은 열정적이고 아름다워야 했다. 자기 관리는 방향타이며, 목표는 부메랑처럼 돌아왔다.

우리는 자연과 삶, 제도와 비제도적 틈새를 자연스럽게 쉼 없 이 걷고 있었다.

나는 늘 경계에 있었다. 회사와 나의 삶 사이, 도시와 시골

사이, 규범과 자유 사이. 그 틈에서 나는 '나'를 발견했다. 제
도권은 안전하지만 답답했고, 비제도권은 자유롭지만 불안
했다.

나는 그 사이에서 균형을 찾으려고 했다. 틈새 인생은 불확
실하지만, 그 불완전함이 나를 살아 있게 했다.

사회적(인간적) 인정과 무관심 사이에서 틈의 자유를, 자연스
러움을 찾는다.

호기심과 동심에 이끌린 자기 관리 여정의 끝은 어디일까?

아내의 동심과 호기심 따라 낯선 시공길 오지 산천을 찾아
나선 길 위의 삶.

부부란 숨겨진 비밀이 거의 없는 적나라한 가장 친한 친구이
다. 그리고 인생(삶)의 생사고락(희로애락)을 항상 함께 나누는
반려자 동무다.

한편은 적극적이고 승부욕 강하며, 동심·호기심과 자기 주장
도 강한 편이다. 엉뚱 발랄 도전적이며 미완 추구형이다.

또 한쪽은 소극적이고 비판적이며, 자기 부정적 이상형에 가
까운 편이다. 소심(세심)하고 계획적이며 완전 추구형이다.

두 사람이 서로 상극 같지만 부족한 부분을 서로 보완하며
절묘하게 조화를 이루어 함께하는 영원한 벗이자 동반자이다.

긴 세월 힘들고 어려운, 누구나 쉽지 않은 삶.

낯선 시공(時間·空間)길을 제집 들고 날듯 오간다. 산 넘고 강 건
너 하늘 아래 산야를 호기심 가득 품에 안고 늘 찾아 나선 길.

 　　　　　생활 여행자

오늘을 살아가는 건강한 몸과 마음이라는 자기관리 부부의 삶은 일상 속의 생활 여행이 되었다.

틈새에서 피어난 삶의 여정

도시의 소음과 규칙 속에서 나는 자주 숨이 막혔다. 틈은 처음엔 결핍이었다. 그러나 그 틈은 나를 밀어냈고, 동시에 끌어당겼다. 회사와 집 사이, 일과 쉼 사이, 규범과 자유 사이의 틈. 그 틈에서 나는 나를 발견했다. 여행은 그 틈을 따라 흘러나온 삶의 연장선이었다. 틈은 불안하지만, 동시에 가장 나다운 공간이었다.

삶은 늘 바쁘게 흘러간다. 우리는 무언가를 이루기 위해, 누군가를 따라잡기 위해, 혹은 단지 살아남기 위해 하루하루를 쫓는다. 그 속에서 문득, 아주 작은 틈이 생긴다. 지하철을 기다리는 몇 분, 창밖을 바라보는 짧은 순간, 낯선 골목에서 길을 잃은 그 찰나. 나는 그 틈에서 여행을 시작했다.

처음엔 도망치듯 떠났다. 일상이라는 무게에서 벗어나고 싶었고, '여행자'라는 이름이 주는 자유로움에 기대고 싶었다. 하지만 그 자유는 생각보다 낯설고, 그 낯섦은 곧 나를 되돌아보게 했다. 그렇게 틈새 인생의 여행은 점차 생활 속으로 스며들었다.

여행은 더 이상 특별한 이벤트가 아니었다. 마트에 가는 길, 동네 카페에서 마시는 커피 한 잔, 오래된 책을 다시 펼치는 순간들. 그 모든 것들이 나에게는 '생활 여행'이 되었다.

회전 무대에서 길을 묻다

사람들은 종종 묻는다.

왜 그렇게 오래 자주 걷고, 그렇게 많이 여행하느냐고.

답은 간단하다. 걷는 동안 나는 살아 있음을 가장 선명하게 느끼기 때문이다. 익숙한 골목이든, 처음 밟는 대륙이든, 그곳에서 만난 바람과 빛, 냄새와 소리는 모두 내 안의 어떤 문을 열도록 해준다.

인생은 여행이다. 그리고 우리는 '여행'이라는 무대 위에서자신만의 장면을 연기한다. 누군가는 치밀하게 계획된 대본을 따라가고, 또 누군가는 즉흥적으로 무대를 가로지른다.

나는 후자에 가깝다. 나는 시공의 회전 무대 위를 걷는다.

무대는 멈추지 않고, 장면은 바뀌며, 나는 그 틈에서 나를 발견한다. 내 앞에 다시 펼쳐진 것은 '생활 여행'이라는 자유였다.

일상과 맞닿아 있는 생활권 여행들, 그 속에서 나는 생활 여행자로서의 이유를 또 되묻는다.

자연과 삶의 틈새에서

숲과 숲속의 나무와 나 사이의 거리는 단순한 물리적 간격이 아니다. 그것은 존재와 존재 사이의 경계이며, 이해와 몰이해 사이의 틈이다. 나는 나무를 바라보며, 그 거리 속에서 나의 위치를 가늠한다. 자연은 늘 그 자리에 있지만, 나는 늘 그 곁을 맴돈다.

걷는다는 건, 돌아가는 일이다

걷는다는 것은 결국 자신에게 돌아가는 일이다. 백두대간을 따라 걷는 동안, 나는 잊고 있던 감정과 기억을 되찾았다. 길은 바깥으로 나아가는 듯하지만, 결국 내면으로 향한다. 걷기는 회귀의 방식이다.

바람은 방향을 가르쳐 준다. 길을 잃었을 때, 나는 바람을 따라갔다. 지도보다 정확한 것은 자연의 흐름이었다. 바람은 방향을 제시하는 은유적 존재이며, 나는 그 속에서 길을 찾았다. 자연은 늘 나보다 먼저 알고 있었다.

도시에서 쌓인 피로와 감정은 흙길 위에서 서서히 씻겨 내려갔다. 발바닥에 닿는 흙의 감촉은 정화의 시작이었다. 자연은 몸뿐만 아니라 마음도 씻어 주는 공간이다. 나는 걷는 동안 조금씩 가벼워졌다.

여행하는 삶의 이유는 존재감과 자존감이다

존재감은 타인의 시선에서 태어난다. 자존감은 나의 시선에서 자란다.

여행하는 삶에서 나는 나를 바라보는 법을 배웠다. 거울이 아닌 풍경 속에서 나를 찾았다. 타인의 기준이 아닌, 나의 기준으로 나를 정의했다. 그 순간, 나는 진짜 나로 존재했다.

페루 마추픽추 길목에서

광교 호수공원

2장 /
생활 여행은 낯섦의 재발견

"공원에서 강변으로, 호수에서 둘레길까지.
우리는 생활권의 틈새들을 걷고 또 걸었다."

**"갓길의 잡초와 잔돌은 말이 없지만,
그 고요함 속에서 내 안의 나를 되새겼다."**

사람들은 멀리 떠나야 여행이라 말하지만, 나는 가까운 곳에서 낯섦을 발견했다.

공원 옆 잡초 밭, 골목 끝 잔돌길. 그곳은 생활의 틈새였고, 나는 그 틈에서 이상의 낙원을 보았다. 그리고 잡초는 말이 없지만 그 생명력은 놀라웠고, 잔돌은 걸림돌이 아니라 발걸음을 단단히 해주는 존재였다.

생활 여행자의 떠남과 귀환

생활 여행자는 일상의 반경 안에서 여행을 한다. 그들에게 공원은 정글이고, 하천은 대양이다. 익숙한 공간을 낯설게 바라보는 능력, 그것이 생활 여행자의 감각이다. 그들은 매일 같은 길을 걷지만, 매번 다른 풍경을 본다.

귀환은 여행의 끝이 아니라, 여행의 시작이다. 집으로 돌아오는 길이 곧 여행의 연장선이기 때문이다.

길가의 잡초는 자라면서 아무 말도 하지 않았다. 잔돌은 굴러가지 않으면서도 자리를 지켰다.

그 고요함 속에서, 나는 나를 되새겼다.

일상은 무대였고, 자연은 대사 없는 배우였다.

동네 하천변의 안개가 발목 높이로 깔렸다. 풀잎 끝에 매달린 이슬방울이 햇빛을 받아 반짝였다. 좁은 오솔길을 따라 걸으며 들려오는 건, 멀리서 개 짖는 소리와 빗방울처럼 떨어지는 참새의 지저귐이었다.

시장 골목에서는 방금 구운 빵 냄새와 갓 볶은 커피 향이 뒤섞여 발걸음을 붙잡았다.

생활권 여행지의 낯섦, 그리고 재발견

멀리 떠나는 것만이 여행이 아니다. 집 앞 하천, 동네 작은 산, 이웃한 마을의 골목길에도 여정은 숨 쉬고 있다.

멀리서 찾던 풍경이 사실은 집 앞 골목 끝에서 시작되고 있었다.

생활권 주변의 산과 강이 내 삶을 단단히 지탱하는 버팀목이 되었다.

생활권 안에서 보물 같은 공간을 찾아 걸었다. 잡초가 무성한 뚝방길, 강바람이 스치는 산책로, 오래된 돌담이 있는 잔돌

골목길….

이런 곳들이야말로 일상을 단단히 지탱해 주는 '작은 오아시스'였다.

매번 같은 길이어도 계절과 날씨에 따라 풍경은 전혀 달랐다. 때론 햇살이 길을 황금빛으로 물들이고, 때로는 이슬이 풀잎 위에 작은 세계를 만들었다.

생활권 여행지의 재발견은 여행의 끝이 아니라 시작이었다.

가까운 곳에서 행복을 찾는 법을 배우면, 먼 곳의 감동도 두 배가 된다.

일상 속의 삶, 그리고 여행

일상 속의 작은 여행에서 우리는 무엇을 발견할 수 있을까? 나는 생활권 명소를 중심으로 즉흥적 여행을 즐기면서 잡초와 잔돌 같은 사소한 존재에서 철학적 의미를 발견한다.

자연과 인간의 하모니는 시성과 감성이다.

우리는 멀리 가지 않았다. 자동차로 한 시간 내외, 생활권 안에서 자연은 늘 우리를 기다리고 있었다. 산, 들, 공원, 하천, 호수… 그 익숙한 풍경 속에서 낯선 감정을 만났다.

잡초는 누구도 주목하지 않지만, 그 생명력은 놀랍다. 잔돌은 걸림돌이 아니라, 발걸음을 단단히 해주는 존재였다. 우리

    생활 여행자

는 그들과 대화하며, 자연과 인간의 하모니를 느꼈다.

무작정 번개처럼 떠난 트레킹은 삶의 번뜩이는 깨달음이었다.

자연에서 만나는 풍경 속의 나

바람은 말을 하지 않는다.

그러나 나는 그 침묵 속에서 오래된 시간을 들었다.

숨결은 눈에 보이지 않지만, 모든 존재의 증명이다.

자연 속 하늘, 땅, 바람, 물, 돌, 풍경들. 자연이 품은 그 미세한 숨결을 따라, 나는 천천히 나만의 여정을 걸어간다.

자연은 살아 있고, 인간은 그 속에서 호흡한다.

나는 그 호흡을 걷고 기록했다.

나는 여행을 하며 수많은 풍경을 만났다.

산과 바다, 도시와 마을. 처음에는 그것들이 익숙한 환경이라도 낯설었다. 그러나 시간이 지나면서, 나는 그 풍경 속에서 나를 발견하곤 했다.

풍경은 거울이었다.

나는 바다를 보며 나의 깊이를 생각했고, 산을 오르며 나의 높이를 느꼈다. 도시의 소음 속에서 나의 침묵을 찾았고, 마을의 고요함 속에서 내면의 목소리를 들었다.

풍경은 나를 비추었고, 나는 그 속에서 나를 읽었다.

사람들은 여행을 통해 세상을 본다고 말한다.

그러나 나는 여행을 통해 나를 본다.

풍경은 외부의 것이지만, 그것을 바라보는 눈은 나의 것이다.

나는 그 눈을 통해 나를 다시 본다.

풍경은 정지된 것이 아니다. 그것은 나와 함께 움직이고, 나와 함께 숨을 쉰다. 나는 그 숨결 속에서 나의 숨을 느낀다. 그리고 그 숨결이 나를 살아 있게 한다.

여행은 풍경을 보는 것이 아니라, 풍경 속에서 나를 발견하는 일이다.

나는 그 속에서 숨을 쉬고, 살아 있음을 느낀다. 풍경은 나를 말없이 안아준다. 그리고 나는 그 안에서 조용히 숨을 쉰다.

비교적 인적이 드문 오지 산자락을 오르던 어느 날, 나는 안개에 둘러싸였다. 시야는 흐려지고, 길은 사라진 듯했다. 그러나 그 순간, 나는 풍경이 숨을 쉬고 있다는 것을 느꼈다.

안개는 단지 시각을 가리는 것이 아니라, 풍경이 호흡하는 방식이었다.

나무는 안개 속에서 더욱 선명해졌다.

윤곽은 흐릿했지만, 존재는 또렷했다.

바람이 지나가면 안개가 흔들리고, 그 흔들림 속에서 나무는 숨을 쉰다. 나는 그 호흡에 맞춰 걸음을 늦췄다.

자연은, 풍경은 빠르지 않다. 그것은 느리고, 깊고, 조용하다.

사람들은 종종 풍경을 정지된 이미지로 생각한다. 그러나 풍

　　　생활 여행자

경은 살아 있다. 바람에 흔들리고, 빛에 반응하며, 계절에 따라 변한다. 그 변화는 숨결처럼 미세하고, 때로는 감지하기 어려울 만큼 섬세하다. 하지만 그 숨결을 느낄 수 있다면, 우리는 풍경과 교감할 수 있다.

안개는 풍경을 감춘다. 그러나 그 감춤은 은폐가 아니라 초대다.

더 가까이 다가오라는, 더 천천히 보라는, 더 깊이 느끼라는….

나는 그 초대에 응하며 안개 속을 걸었다. 그리고 그 속에서 풍경이 숨 쉬는 소리를 들었다.

여행은 풍경을 소비하는 것이 아니다. 그것은 풍경과 함께 호흡하는 일이다. 안개 속에서 나는 자연의 숨결을 느꼈고, 그 숨결 속에서 나 역시 숨을 쉬었다.

길 위의 낯선 풍경

어느 날, 나는 절경을 바라보며 멈춰 섰다.
그 풍경은 말이 없었지만, 나에게 질문을 던졌다.
"아름다움은 왜 어떻게 존재하는가?"
나는 그 질문 앞에서 오래 머물렀다.
풍경은 사유(思惟)를 부른다.

산의 높이, 물의 깊이, 빛의 각도. 그 모든 것이 나를 생각하게 만든다.

나는 그 앞에서 단순한 감상이 아니라, 깊은 사유를 시작한다. 아름다움은 단지 보기 좋은 것이 아니라, 존재를 묻는 것이다.

사유는 느림에서 시작된다. 나는 풍경 앞에서 걸음을 늦추고, 시선을 고정하고, 마음을 열었다. 그 순간, 풍경은 나에게 말을 걸었다.

"너는 왜 여기에 있는가?"

"너는 무엇을 보고 있는가?"

나는 그 질문에 답하지 않았다. 대신 더 많은 질문을 만들었다.

풍경은 답을 요구하지 않는다. 그저 질문할 수 있는 마음을 열어 준다.

나는 그 허락 속에서 자유로움을 느낀다.

사유는 풍경 속에서 자란다.

나는 그 풍경을 기억하며, 그 질문을 품고 돌아왔다.

그리고 그 질문은 지금도 나를 흔든다.

생활 여행의 미학

일상 속 틈새 에 숨어 있는 여행의 숨결, 잡초와 잔돌의 철학. 틈새의 발견 거리는 멀지도 가깝지도 않았다. 생활권에서 즐기는 생활 여행은 틈새의 미학이다.

익숙함 속에서 문득 낯섦이 피어난다.

잡초와 잔돌은 말이 없지만, 그 존재는 고귀하다.

잔돌은 작지만, 그 무게는 깊다.

생활권의 쉼터, 공원과 하천에서 나는 많은 것을 배웠다. 공원에서는 안빈낙도의 마음을 배웠고, 하천에서는 멈추지 않는 흐름의 철학을 익혔다.

생활권 여행은 걷는 것이 아니라, 사유하는 것이다.

반전의 순간, 변곡점에서 극적 반전을 맞이하는 일상 속 여행은 삶을 변화시킬 수 있는 작은 혁명이다.

둘레길의 낭만과 여유

걷는 길, 되새김의 길 한 걸음마다 기억을 밟고, 풍경을 품는다.

한국의 다종다양한 둘레길은 단순한 걷기 코스를 넘어 자연과 사람, 역사와 평화, 우리들의 삶이 어우러지는 서사적 공간이다.

만남의 물결, 해안의 파도처럼 다가오는 마을과 사람들, 동해와 남해, 서해를 따라 이어지며, 바다와 마을, 사람과 이야기가 물결처럼 펼쳐진다.

국토의 숨결을 따라 산과 들, 바다와 강이 들려주는 둘레길은 단순한 트레킹이 아니라, 대한민국을 재발견하는 여정이며, '만남'이라는 가치를 품고 있다.

이처럼 다양한 둘레길은 마치 대한민국을 감싸는 시의 띠처럼, 걷는 이에게 자연과 역사, 사람과 자연에 대한 감정을 선물한다.

둘레길을 따라 걷는 발자국에서 느끼는 숨결. 한반도의 산과 들, 강과 바다, 그리고 그 너머의 섬들이 날마다 나를 부른다.

나는 그들을 기억하지만, 저 풍경들은 나를 기억할까?

즉흥적인 나들이의 매력

생활 여행자는 번개처럼 움직인다. 갑작스러운 햇살, 바람, 기분 하나로 산책을 떠난다. 그들에게 트레킹은 준비물이 아니라 감정이다. 즉흥은 불안이 아니라 해방이다. 예측할 수 없는 길에서, 예측할 수 없는 나를 만난다. 그들은 말한다.

"준비된 여행보다, 불완전한 나들이가 더 진짜다."

잡초는 뽑히지만, 다시 자란다.

잔돌은 밟히지만, 길을 만든다.

생활 여행자는 잡초와 잔돌을 존중한다. 그들은 말한다.

"자연 속에서 가장 낮은 것들이 가장 오래 남는다."

잡초는 끈질기고, 잔돌은 묵묵하다. 그들은 존재의 본질을 가르쳐 준다. 생활 여행자는 그들과 대화하며 자신을 돌아본다.

일상 속의 풍경과 숨결

도심 속 공원, 동네 하천, 자전거 길 옆의 호수, 뒷산의 오솔길.

생활 여행자는 그곳에서 자연을 만난다.

그들은 말한다. 자연은 거대하지 않아도 된다.

작고 조용한 풍경이 더 깊은 울림을 준다.

그들은 나무 한 그루, 물결 하나, 바람 한 줄기에서 우주 자연의 숨결을 느낀다.

생활 여행자는 자연과 인간의 경계를 허문다. 그들은 자연을 소비하지 않고, 함께 살아간다. 공원에서 책을 읽고, 하천 옆에서 명상을 하며, 산길에서 대화를 나눈다. 그들은 말한다.

"어울림은 조화가 아니라 공존이다."

생활 속에서 자연과 인간이 함께 숨 쉬는 순간, 여행은 완성된다.

화산호(린자니산,인도네시아)

　　　　생활 여행자

3장 /
산마루의 숨결과 산너울의 어울림

“우리는 산마루 위에서 사유하며,
백두대간의 산줄기를 따라 걸었다.”

한북정맥
백
한강기맥
한남정맥
한남금북정맥
두
금북정맥
낙동정맥
금남기맥
대
금북기맥
금남정맥
금호남정맥
진영기맥
영산기맥
간
낙남정맥
호남정맥
땅끝기맥

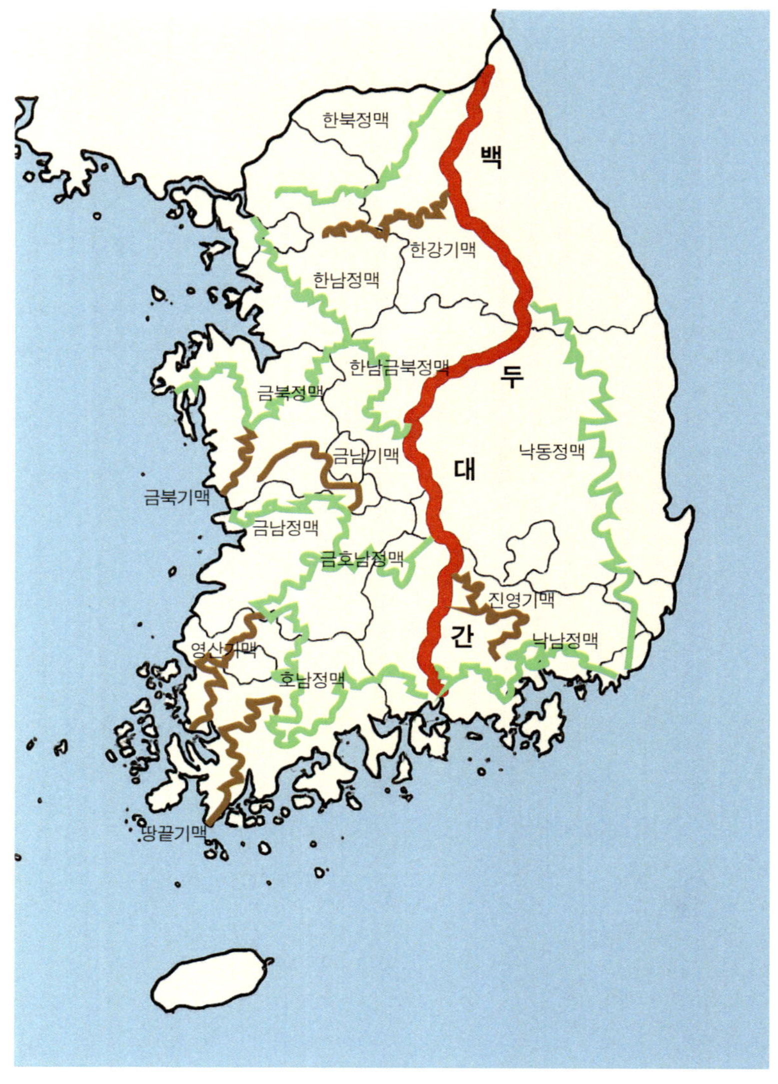

백두대간(정맥·기맥·지맥)

"산은 말이 없다.
그러나 그 침묵은 가장 깊은 언어다."

산줄기를 따라 걷는 일은, 지구의 숨결을 따라 걷는 일이다. 마루금은 대지의 맥박이고, 나는 그 맥박에 귀를 기울였다.

갈림길은 선택의 은유이고, 끝자락은 마무리의 상징이다.

나는 시작과 끝 사이에서, 늘 선택하고 또 마무리했다.

봉우리는 오름의 기쁨, 안부는 쉼의 품이다. 그 둘은 몸과 마음의 고향이었고, 나는 그 고향을 찾아 걸었다.

산 그리메는 빛과 그림자의 경계다. 그 경계에서 나는 나의 감정을 마주했다. 밝음과 어둠 사이, 나의 감성은 흔들렸다.

산줄기는 만남과 갈림의 연속이다. 그 길에서 나는 타인과 부딪혔고, 나와도 부딪혔다. 부딪힘은 성장의 시작이었다.

백두대간은 한반도의 척추다. 산마루, 산줄기를 따라 아홉 개의 정맥이 뻗고, 다시 여섯 개의 기맥과 수많은 지맥이 퍼진다. 산줄기는 단절이 아니라 연결이다. 그 구조는 마치 인간의 혈관처럼, 삶의 흐름을 품고 있다. 나는 그 줄기를 따라 걷는다. 걷는다는 것은 연결된다는 것이다.

백두대간과 정맥·기맥은 삶의 은유였다.

분기점은 선택의 순간이었고, 끝자락은 끝이자 시작이었다.

우리는 그 끝에서 다시 시작을 생각했다.

산봉은 고통이었고, 안부는 쉼이었다.

걷는다는 것은 단순한 이동이 아니라, 감정의 흐름을 따라가는 일이었다. 이성과 감성, 그리고 지성은 산길을 따라가다가 만나는 길과 갈림길에서 하나가 되었다.

나는 산줄기에서 나를 만났다.

산줄기에서 인간의 본질을 되찾다

산은 나를 기억하지 않는다.

산을 오르며 나는 문득 깨달았다. 이 거대한 자연은 나를 기억하지 않는다.

내가 얼마나 힘들게 올라왔는지, 어떤 마음으로 이곳에 도달했는지, 산은 아무것도 묻지 않는다. 그 무심함 속에서 오히려 나는 나 자신을 더 선명하게 기억하게 된다.

자연은 침묵 속에서 인간을 감추고 품는다.

산줄기(산맥)의 뼈대는 인간의 척추처럼 우리를 세운다.

정상에서 내려다본 길은, 다시 내 마음으로 돌아오는 길이었다.

지도로 볼 때는 하나의 선, 걸어 보면 수많은 이야기로 갈라지는 것이 산줄기다.

백두대간과 아홉 정맥, 그 갈래마다의 분기점과 끝자락은 사람의 삶과 닮아 있다. 어떤 길은 고개를 넘어 멀리 흘러가고, 또 다른 길은 강에 몸을 맡기며 끝을 맺는다.

분기점에서는 방향이 갈라지고, 끝자락에서는 시간조차 멈춘 듯 고요했다.

정상에 섰을 때 발아래 펼쳐진 능선은 단순한 풍경이 아니라, 나 자신을 비추는 거대한 거울이었다.

산을 걷는 일은 결국 내 마음의 길을 걷는 일과 같았다.

지도 위의 선처럼 보이는 산줄기는, 직접 걸어야만 진짜 얼굴을 드러낸다.

백두대간과 아홉 정맥, 그리고 그 갈래마다의 분기점과 끝자락. 산줄기와 봉우리마다 고유한 이야기를 품고 있다. 분기점에서는 길의 운명이 갈라지고, 끝자락에서는 강과 바다를 만난다.

걷는 동안, 발걸음은 점점 가벼워졌고 생각은 더 깊어졌다.

정상에서 본 풍경은 단순한 '전망'이 아니라, 나를 돌아보게 하는 '거울'이었다.

산줄기를 따라 걸으면, 결국 나 자신에게로 돌아온다.

산마루 능선을 따라 걷는다는 것은 시간의 흐름을 따라 걷는 일이다.

발걸음마다 과거의 기억이 떠오르고, 바람결에 미래의 가능성이 스친다. 능선은 단순한 지형이 아니라, 시간의 층위를 품은 공간이다.

나는 그 위에서 시간을 체험한다.

깊은 산속 말이 없는 공간에서 가장 깊은 대화가 시작된다.

산 숲의 고요함은 내면의 소음을 잠재우고, 나 자신과 마주하게 만든다.

자연은 말하지 않는다. 그 자연의 침묵은 수많은 이야기를 품고 있다.

나는 그 속에서 묻고, 듣고, 깨닫는다.

봉우리와 능선 위에서 바라본 산 그리메 풍경

생활 여행자

백두대간, 내 안의 지도

백두대간은 외부의 지형이자 내면의 지도였다.

산줄기를 따라 걷는 동안, 나는 내 삶의 궤적을 되짚었다.

지도는 종이에만 있는 것이 아니다. 나의 기억과 감정 속에도 길이 있었다.

자연은 묻지 않는다. 존재 그 자체로 답을 준다.

나는 질문을 멈추고, 그 존재를 받아들이는 법을 배웠다.

자연은 설명하지 않지만, 모든 것을 말하고 있었다.

침묵은 가장 깊은 의미를 담고 있는 언어다. 말이 없는 순간에 나는 가장 많은 것을 느꼈다. 자연의 침묵은 나를 가르쳤고, 나는 그 언어를 배워 갔다.

산줄기의 숨결을 따라 백두대간을 걸었다.

백두대간은 길이 아니라 맥박이었다.

산줄기는 지구의 심장이었고, 나는 그 심장 위를 걷고 있었다.

끝자락에서 망설임은 사라졌다.

분기점에서 나는 선택했고, 그 선택은 나를 산의 일부로 만들었다.

걷는다는 것은 생각하는 일이었고, 생각한다는 것은 살아 있다는 증거였다.

나는 걷고 있었고, 산은 나를 받아주었다.

백두대간의 분기점(시작점)에서 그 끝자락까지 걷는 여정에서

산은 존재의 은유이며, 걷기는 사유의 방식이었다.

산줄기의 산은 말이 없다. 그러나 그 침묵은 가장 깊은 언어다.

백두대간은 한반도의 척추이며, 정맥과 기맥은 그 가지와 숨결이다.

분기점은 선택의 순간이다.

산줄기에서 갈라지는 고개는 삶의 갈림길을 닮았다.

산줄기의 끝자락이 바다나 강에 닿는 곳, 그곳은 끝이자 시작이다. 끝자락은 종결이 아니라, 새로운 흐름의 탄생이다.

나는 산을 걸으며 사유한다. 그것은 감정을 걷는 사유다. 안부에서 쉼을 얻고, 봉우리에서 고통을 배운다.

산줄기에는 이정표가 있다.

그것은 방향을 알려 주는 것이 아니라, 존재의 흔적을 남기는 것이다.

백두대간의 능선 위에 서면 사방에서 바람이 몰려온다. 분기점 고개에서는 뻗는 능선과 굽이치는 산맥이 동시에 눈에 들어왔다.

발아래는 끝없이 이어진 숲의 물결, 멀리 보이는 바다는 가느다란 은빛 선처럼 빛났다.

정상에서 내려다본 마을과 논밭은 작은 바둑판 같았고, 그 위에 사람들의 삶이 움직이고 있었다.

령(嶺)은 갈림길이다. 여러 길이 스쳐 지나가며 선택을 요구하는 자리다.

 생활 여행자

령의 끝자락은 끝이 아니라 시작이다.

산줄기의 분기점에서 나는 멈추고, 생각한다.

'어디로 갈 것인가?'

끝자락에 서면, 나는 되묻는다. '정말 끝인가?'

산은 말한다.

"령은 삶의 교차로이고, 령의 끝자락은 사유의 문턱이다."

산봉(山峯)과 안부(鞍部, 산의 능선이 말안장 모양으로 움푹 들어간 부분)는 몸과 마음의 고향이다.

산봉은 높고, 안부는 낮다. 산봉에서 나는 세상을 내려다보고, 안부에서 나는 나를 들여다본다.

산봉은 외향이고, 안부는 내향이다. 그 둘은 함께 있어야 균형을 이룬다.

나는 산봉에서 호연지기를, 안부에서 속삭임을 들었다.

그곳은 몸과 마음의 고향이었다.

걷는다는 것은 단순한 이동이 아니다. 감성으로 풍경을 느끼고, 이성으로 길을 판단하며, 지성으로 존재를 성찰한다. 산줄기를 걷는다는 것은 나를 걷는 것이다. 발걸음마다 감정이 흔들리고, 생각이 정리되고, 통찰이 자란다. 걷기는 사유의 리듬이다.

나와 아내는 삶의 틈새를 걷는 부부다. 백두대간의 능선 위에서, 정맥의 숨결 속에서, 우리는 땅의 맥을 따라 걸었다. 그 여정은 곧 지구의 맥박을 듣는 일이었다.

봉우리와 능선 위에서 바라본 산 그리메 풍경

순천만 석양

산길에서 만난 사람들과의 대화는 짧지만 깊었다. 서로의 이름도 모른 채, 물 한 모금 나누고, 길을 안내하며, 웃음을 건넸다. 그 짧은 인연 속에서 나는 관계의 본질을 보았다. 연애처럼 설레고, 우정처럼 따뜻했다. 산줄기에서의 만남은 사회적 역할을 벗어난 진짜 인간의 모습이었다.

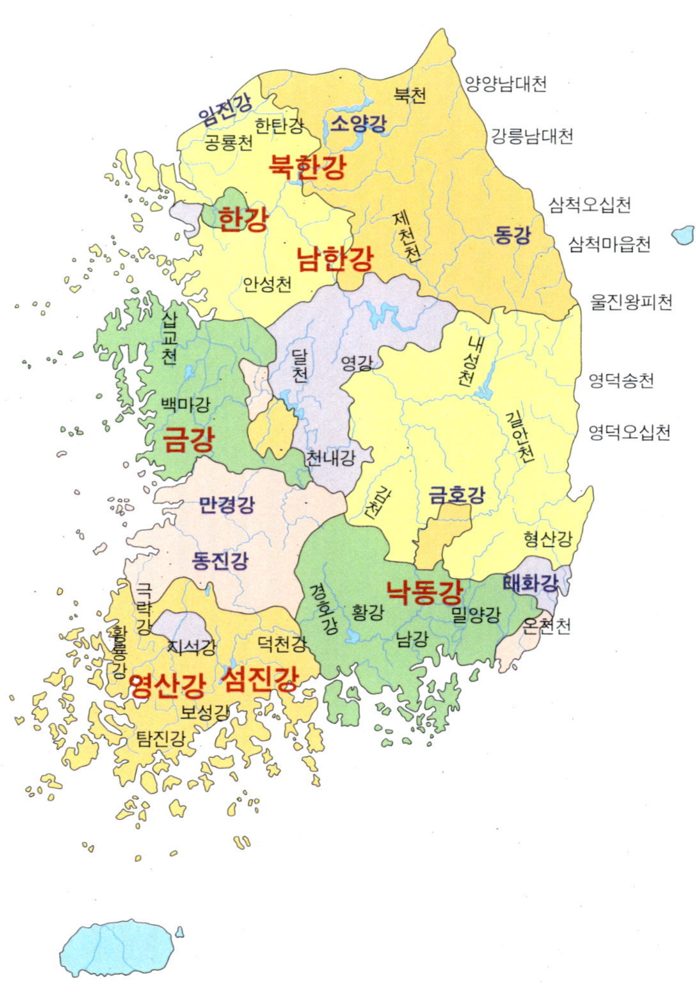

우리나라의 주요 강과 하천

생활 여행자

4장 /
물길의 숨결, 강과 호수

"분수령에서 발원 샘으로, 하천에서 합수지로,
하류의 끝자락까지 물의 여정을 따라 걸었다."

물길은 삶의 은유다

한강, 낙동강, 금강, 영산강, 섬진강. 이 다섯 강은 남한의 생명선이다.

발원지는 시작의 상징이고, 합류지는 만남의 은유다.

하구 둑은 통제와 해방 사이의 경계다.

나는 발원지에서 순수함을, 합류지에서 관계를, 하구 둑에서 갈등을 느꼈다. 물길은 삶의 은유다.

댐은 인간의 욕망이고, 호수는 자연의 인내다.

댐은 흐름을 막지만, 호수는 그 막힘 속에서도 숨 쉰다.

지역 주민들은 댐을 두려워하면서도 의지한다.

호수는 그들의 기억을 품고 있다.

물은 기억을 지운다면서도, 가장 오래 기억한다.

생활 여행자

합류지의 어울림

합수지는 만남의 장소다. 두물머리에서는 두 강이 하나가 되고, 세물머리에서는 세 개의 물줄기가 춤을 춘다.

그곳에는 전설이 있다. 사랑과 이별, 기다림과 환생.

물길은 이야기를 품고 흐른다. 나는 그 전설 속에서 나의 이야기를 찾았다.

물은 시작과 끝을 동시에 품는다. 발원지에서 시작된 흐름은 바다에서 끝나지만, 그 끝은 또 다른 시작이다.

물은 흐르면서도 고요하고, 움직이면서도 멈춘다. 정중동의 철학은 물에서 배운다.

나는 그 물길을 따라 걷다가, 나를 따라 흐르는 생각을 만났다.

5대 강과 발원 샘, 바다의 소환

발원 샘은 작고 투명하다. 바다는 넓고 깊다. 그러나 그 둘은 연결되어 있다. 작은 샘이 모여 강이 되고, 강이 모여 바다가 된다. 나의 작은 생각이 모여 큰 사유가 된다. 나는 발원 샘에서 시작해 바다로 향하는 여정을 걷는다. 그 여정은 곧 나의 삶이다.

남한 5대 강을 비롯한 주요 강의 발원지와 합류지, 댐과 호수는 단순한 지리적 공간이 아니라 생명의 흐름을 상징한다.

물길은 시작과 끝을 품고 있으며, 강어귀의 민담과 전설은 지역의 삶과 연결된다. 물은 기억하고 속삭인다.

강은 흐른다. 발원지에서 시작된 물길은 계곡을 지나 천이 되고, 강이 되어 바다에 닿는다. 우리는 그 흐름을 따라 걸었다.

정선 동강 물돌이

남한강의 세물머리, 동강과 서강의 합류지, 팔당호와 청풍호…. 그곳엔 물의 정령이 있었다.

댐은 인간의 흔적이지만, 호수는 자연의 품이다.

강어귀에서 들은 민담과 전설은 그 지역의 삶을 품고 있었다.

물은 말을 하지 않지만, 우리는 그 속삭임을 들었다.

물길은 우리에게 시작과 끝을 가르쳐 주었다.

강물의 '색과 소리'를 잡을 수 없어 발걸음 멈추고 '몸과 마음'을 간추려 강물에 물어본다. 물길은 한 번도 똑같이 흐르지 않

생활 여행자

는다. 그래서 우리는 다시 그러한 오색 소리 물돌이 강을 찾는다. 바다 앞에서 강은 멈추지만, 여행자의 발걸음은 거기서 또 시작된다.

한강 발원지 검룡소, 차갑고 투명한 물이 돌 사이로 솟았다.

그 물줄기가 서울을 지나 서해로 간다니 믿기 어려웠다.

낙동강 하구 둑 위에서 본 갯벌은 하늘을 비추며 숨 쉬었고, 철새들이 날아올랐다. 금강의 네물머리에서는 세 개의 물길이 합쳐져 거대한 회오리를 만들었다.

물결 소리는 귀를 채우고, 발아래 진흙은 묵직하다.

한 방울의 샘물이 수천 리를 달려 바다에 이른다.

그 여정이 강의 이야기다.

한강, 낙동강, 금강, 섬진강, 영산강. 발원지의 청량한 물줄기부터 두 강이 만나 새로운 이름이 되는 합류지, 바다로 흘러드는 강어귀까지.

팔당호의 잔잔한 수면, 낙동강 하구의 광활한 갯벌, 금강과 미호천이 만나는 네물머리의 물결 속에는 오래된 전설과 사람들의 일상이 함께 숨 쉬고 있었다. 강을 따라 걷다 보면, 내 발걸음도 물과 함께 흘러가듯 마음이 풀려 났다.

강은 멈추지 않는다. 그래서 우리의 여행도 끝나지 않는다.

강의 시작은 샘물 한 방울이었다. 그 작은 흐름이 세상을 가로질러 바다에 닿는다.

한강, 낙동강, 금강, 섬진강, 영산강. 각 강에는 발원지와 합류지, 댐과 강어귀가 있다. 강은 그 유장한 흐름 속에 사람들의 삶, 전설, 추억을 품는다.

강과 천이 만나는 두물머리, 세물머리, 네물머리…. 그곳에 서면 강이 지나온 시간과 이야기가 바람결의 파도처럼 밀려왔다.

분수령의 물방울과 물길의 두드림

분수령 아래 발원 샘에서 시작된 물은 계곡을 지나 강이 되고, 마침내 바다로 향했다. 나는 그 흐름을 따라 걷기도 한다.

합류지에서 만남을 배우고, 두물머리에서 선택을 배웠다.

댐은 물을 막았지만, 두드림(기억)은 흐름을 멈추지 않았다.

나는 그 물길 속에서 내 안의 고요함을 찾았다.

강물을 잡을 수 없으면 바다로 가서 기다리란다.

산과 들은 대지의 골격을 이루고, 강물은 대지에 생명을 불어 넣는다.

강의 발원지와 합류지, 댐과 하구를 따라 흐르는 물은 존재의 흐름이며, 생과 사의 은유이다.

물의 시작인 발원지는 물방울과 샘물이고, 끝은 바다다.

물은 흐른다. 그것은 생의 시작이자, 죽음의 서곡이다.

두물머리, 세물머리, 네물머리….

물이 만나는 합수지에는 인간의 얽힌 삶이 흐른다.

생활 여행자

합류는 충돌이 아니라 공존이다.

댐은 기억의 저장소다. 물을 가두는 것이 아니라, 시간을 담는 것이다.

강과 하천의 소원, 바다의 망각

하구(河口)는 망각의 문이다. 물은 바다에 닿으며 기억을 머금거나 잊는다.

강을 따라 걷는 길은 물의 기억을 따라 걷는 길이다. 물은 흐르지만, 그 흐름 속에는 시간이 쌓여 있다. 강은 단순한 자연물이 아니라, 기억을 품은 존재다.

강가에는 오래된 나루터가 있다. 배는 더 이상 오가지 않지만, 그 자리에 서면 과거의 소리가 들린다. 물소리, 사람들의 발걸음, 짐을 나르던 손길. 나는 그 소리들을 상상하며 물길을 따라 걷는다.

물은 모든 것을 기억한다. 흘러가면서도 잊지 않는다. 그것은 지나간 것들을 품고, 다음으로 나아간다. 나는 그 흐름 속에서 과거와 현재가 겹쳐지는 순간을 느낀다. 물은 시간의 경계선을 지우고, 모든 것을 연결한다.

강은 도시를 만들고 문명을 키운다. 그러나 그것은 단지 자원으로서의 강이 아니다. 그것은 기억의 통로다. 나는 그 통로를 따라 걸으며, 나의 기억도 함께 흐른다. 어린 시절의 여름, 강가에서 뛰놀던 순간들.

그 기억은 물과 함께 살아 있다.

여행은 기억을 되찾는 일이다. 낯선 곳에서 익숙함을 발견하고, 흐르는 물속에서 멈춰선 나를 만난다. 나는 낙동강을 따라 걷고, 그 물길 속에서 나의 시간을 되짚는다. 강은 흐르지만, 기억은 남는다.

강줄기를 따라 걷는 여행은 산행과는 또 다른 감회가 있다.

거기에는 고운 모래가 만든 백사장이 있고, 자갈이나 바위들이 이룬 아기자기함이 있다. 또한 너른 들판을 적셔 주며 흘러가는 유유함이 있고, 산자락을 바쁘게 휘돌아 가는 물돌이의 장쾌함도 있다.

옛날 교통이 불편하던 시절에는 물길을 따라 사람들의 삶이 이루어졌다. 문화의 발자취 또한 강을 중심으로 이어졌다.

농경사회에서 강은 곧 생명 그자체였고, 강가에는 강과 함께 살아온 이들의 희로애락이 층층이 쌓였다. 그래서 강에는 사람들의 질펀한 삶과 사랑의 흔적이 고요히 배어 있다.

나는 그런 강이 좋다. 강가를 따라 걷노라면 마치 고향집 언덕에 누워 있는 것처럼 편안하고, 먼 옛날로 시간 여행을 떠나는 것 같다. 여기에 맑은 물과 아름다운 풍경은 금상첨화다. 요즘은 강이 오염될 대로 오염되다 보니, 맑은 물을 만나려면 강이나 하천의 상류를 찾을 수밖에 없다.

고산 빙하호(캐나다 로키)

고흥 지죽도 죽봉 주상절리

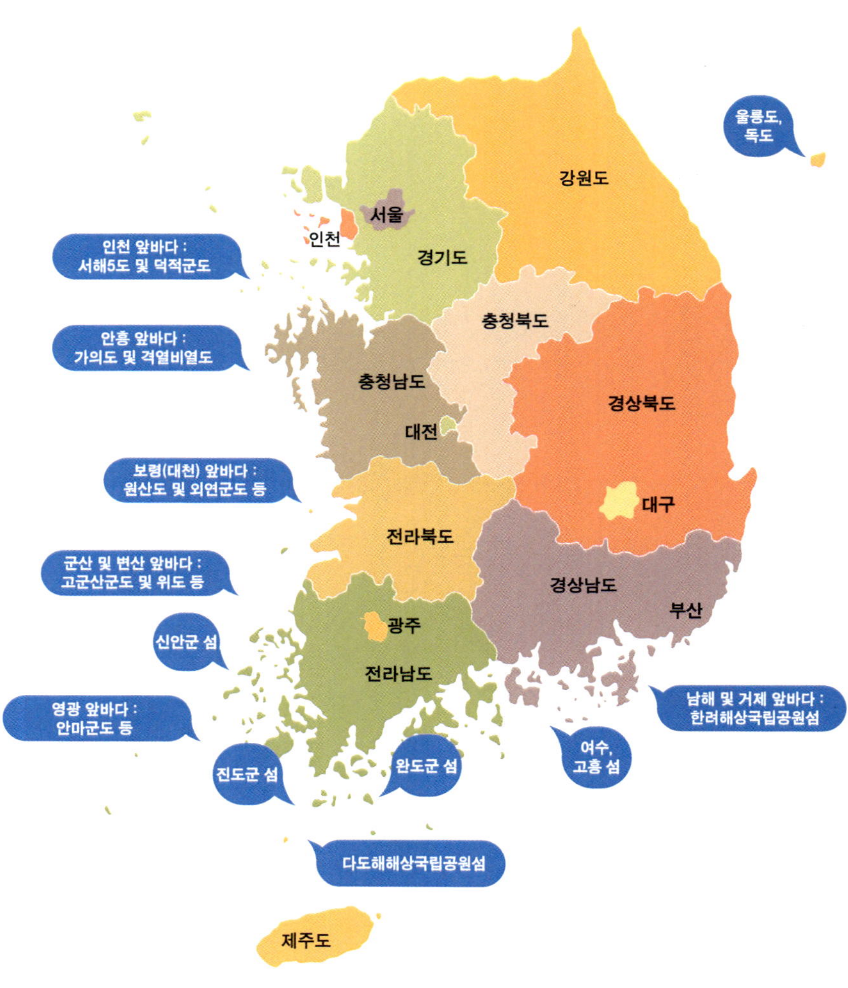

우리나라 주요 섬

생활 여행자

5장 /
섬의 고독, 바다의 속삭임

> "바다는 우주와 지구의 거울.
> 바다와 수많은 섬들을 하나둘 기억하며 걸었다."

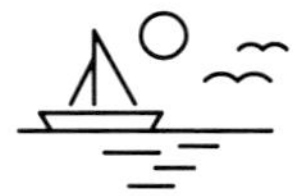

동쪽에는 독도, 서쪽에는 가거도, 남쪽에는 마라도….

울릉도는 바람의 섬이고, 독도는 기억의 섬이다.

마라도는 가장 남쪽의 외로움이고, 가거도는 가장 먼 고요다.

이 섬들은 대한민국의 끝단에 있지만, 동시에 존재의 중심에 있다. 나는 그 섬들에서 '끝'이라는 단어의 의미를 다시 배웠다. 끝은 단절이 아니라 응시다. 섬은 세상과 떨어져 있지만, 세상을 가장 깊이 바라본다.

동해, 서해, 남해 항구의 노을.

동해의 섬은 날카롭고, 서해의 섬은 부드러우며, 남해의 섬은 따뜻하다. 항구는 섬과 육지를 잇는 다리다. 그곳에는 이별과 만남이 교차한다. 나는 항구에서 떠나는 배를 보며, 내 안의 떠남을 생각했다.

섬은 고립이 아니라 연결이다. 바다는 그 연결을 품고 있다.

바다와 섬 물비늘과 해무….

아침의 해무는 섬을 감싸며 말을 건다. 물비늘은 햇살을 받아 반짝이며 대답한다. 나는 그 대화 속에서 침묵을 배운다.

말하지 않아도 전해지는 감정, 보이지 않아도 느껴지는 존재.

바다와 섬은 서로를 바라보며, 서로를 품는다.

그 대화는 시적이고, 존재론적이다.

지구의 거울, 바다와 섬

섬은 혼자다. 그러나 그 혼자임은 고립이 아니라 고요다.

나는 섬에서 나를 마주했다. 아무도 없는 풍경 속에서 가장 많은 감정을 느꼈다. 고독은 감성을 빚는다. 그 감성은 시가 되고, 사유가 된다.

섬은 시인의 공간이다. 말보다 침묵이 더 많은 이야기를 품고 있다.

섬은 지구의 거울이다. 바다는 그 거울을 비춘다.

나는 섬에서 지구를 보았고, 바다에서 나를 보았다. 존재는 고립 속에서 드러난다. 섬은 존재의 은유이고, 바다는 그 존재를 감싸는 무한이다.

나는 섬을 걷다가 나의 존재를 다시 묻는다.

섬은 지구의 거울이며, 인간의 내면을 비춘다.

섬은 외롭다. 그러나 그 고독은 아름답다.

바다는 말이 없었다. 해무는 감정을 감췄고, 물비늘은 빛을 흩뿌렸다.

외딴섬의 부름과 고독의 경계

바다는 섬을 안고, 섬은 바다를 비춘다. 끝이라 불린 그곳이 우리 부부에겐 시작이었다.

끝이라 불리는 섬 끝자락에서, 바다는 다시 길을 만든다.

울릉도, 독도, 마라도, 격렬비열도, 백령도까지.

동·서·남의 경계에서 우리는 바람과 파도, 해무와 물비늘 속을 걸었다.

섬은 바다를 품고, 바다는 섬을 비춘다.

서해 옹도 등대

생활 여행자

짧은 항해 뒤에 마주하는 작은 포구마다 다른 사투리, 다른 음식, 다른 웃음이 있었다.

우리가 찾은 건 '섬'이 아니라, 그 안에 숨겨진 삶의 방식이었다.

격렬비열도, 마라도, 홍도, 가거도, 독도.

그 섬들은 지도 끝에 있었지만, 나에게는 시작이었다.

파도는 말을 잃고, 바람은 숨을 죽였다.

나는 그 침묵 속에서 존재의 본질을 느꼈다.

끝단은 경계가 아니라 내면의 문이었다.

나는 그 문을 열고 고요함 속으로 들어갔다.

섬의 고립과 해방감, 한반도의 끝자락 섬들.

섬은 고립과 자유, 경계의 철학을 담은 공간이다.

짧은 항해 끝에 도착한 포구는 각기 다른 색깔의 숨을 쉬고 있었다.

울릉도에서는 파도가 절벽을 두드리고, 마라도에서는 바람이 풀잎 위로 비밀을 속삭였다.

격렬비열도의 섬들은 갯바위 위에 햇빛을 쪼아 올리며 시간을 말없이 보냈다.

섬을 한 바퀴 걷다 보면, 물길 따라 걸어온 내 발걸음이 마치 바다와 하나가 된 듯 느껴졌다.

끝과 시작이 이곳에서 나란히 앉아 있었다.

섬은 고립이다. 그러나 그것은 자유의 다른 이름이다.

바다는 경계이고, 섬은 그 경계의 점이다. 섬은 침묵을 지킨다.

끝이지만, 그것은 시작이기도 하다. 물비늘은 빛의 흔적이고, 해무는 기억의 안개다.

나는 그 속에서 나의 경계를 본다.

나는 미답지를 찾아 다시 새로워진다.

섬 돌담길을 걷는 일은 바람을 듣는 일이다. 바람은 말을 하지 않는다. 그러나 그 침묵 속에는 오래된 시간이 숨어 있다. 해녀의 숨소리, 돌담의 균열, 그리고 바람이 지나간 자리마다 남겨진 흔적들.

나는 그 길을 걸으며, 바람이 남긴 이야기를 듣는다.

돌담은 낮고 단단하다. 바람에 무너지지 않도록, 사람들은 돌을 쌓았다. 하지만 그 돌들 사이에는 틈이 있다. 바람이 지나갈 수 있도록, 숨이 쉴 수 있도록. 제주 사람들은 바람과 싸우지 않았다. 그들은 바람을 받아들이는 법을 알았다. 그래서 돌담은 단순한 구조물이 아니라, 바람과 공존하는 지혜의 상징이다.

해녀의 숨소리는 바다의 리듬과 닮아 있다. 물속에서 숨을 참았다가, 물 위로 올라와 숨을 내쉰다. 그 짧은 숨소리는 생존의 소리이자, 자연과 인간이 교감하는 순간이다. 나는 그 숨소리를 들으며, 바람과 물, 그리고 사람 사이의 관계를 생각한다.

숨은 단순한 생리적 행위가 아니라, 존재의 증명이다.

바람은 지나간다. 머물지 않는다. 그러나 그 지나간 자리에는 흔적이 남는다. 흔적은 기억이 되고, 기억은 이야기가 된다. 나는 그 이야기를 듣기 위해 걷는다. 풍경은 말이 없지만, 그

생활 여행자

속에는 수많은 숨결이 있다. 바람이 지나간 자리를 따라 걷는
일은, 그 숨결을 듣는 일이다.

여행은 풍경을 보는 것이 아니다. 풍경 속 숨결을 듣는 것이다.

나는 그 숨결을 따라 걷는다. 바람이 지나간 자리마다, 나는
멈춰 선다. 그리고 조용히 귀를 기울인다.

그곳에는 말보다 깊은 시간이 있다.

히말라야 토롱라(고개) 설원

7대륙 최고봉

생활 여행자

2부

변화 : 낯선 경계에 선 나를 보다

“낯선 경계는 서로 다를 뿐,
색다른 이질감을 품고 아름다움을 선물한다.”

구름 속 히말라야 만년 설산 고봉준령(기내에서).

1장

7대륙 최고봉의 고고함과 인간

"만년설과 빙하로 뒤덮인 대륙별 최고봉 전망대와
베이스캠프 트레킹을 했다."

"산은 높고 웅장하지만, 인간은 결코 왜소하지 않다.
작은 존재 속에 숨은 위대함이 어느새 산의 높이를 닮아 간다."

지구의 경계, 숨결을 따라 걷다

에베레스트(8,848m)는 세계의 지붕이라 불린다.

네팔과 티베트 사이에 솟은 이 산은 인간의 도전과 경외의 상징이다.

킬리만자로는 아프리카의 고독한 거인, 몽블랑은 알프스의 순백의 품격, 아콩카과는 남미의 침묵 속 고요한 위엄이다.

이 산들은 각 대륙의 정점이자, 인간 존재의 한계를 시험하는 무대다.

히말라야의 침묵, 파타고니아의 바람, 실크로드의 먼지, 시베리아의 고요, 아프리카의 태양 아래에서 우리는 '길'이라는 존재론적 공간을 마주했다. 길은 단순한 이동이 아니라 존재의 확장이고, 시간의 층위를 걷는 일이었다.

두 바퀴의 지구 순례를 통해 우리가 수집한 것들은 '풍경의 언어, 사유의 조각, 그리고 인간이라는 존재'에 대한 질문들이다.

낯선 대륙의 비경은 우리에게 자연의 철학을 속삭였고, 그

 생활 여행자

속에서 우리는 '살아 있음'의 의미를 다시 배웠다.

지금, 그 길의 숨결을 조심스레 건넨다.

어쩌면 당신도, 이미 마음속 어딘가에서 길을 걷고 있을지 모르니까.

베이스캠프는 시작이자 끝이다.

고산병의 두통 속에서도 눈앞에 펼쳐진 설산은 경외감을 안긴다. 환희는 고통을 뚫고 올라온 자에게만 허락된다.

산의 그림자, 산너울 바람의 흔들림, 하이 앵글 시선의 고도다.

이 감성들은 풍경을 넘어서 존재를 흔든다.

고산은 낭만이 아니다. 얼어붙은 손끝, 숨 막히는 공기, 흔들리는 정신. 그러나 그 고통 속에서 설렘은 더 깊어진다.

산은 말이 없고, 인간은 침묵한다.

그 침묵 속에서 나는 나의 작음을 인정하고, 그 작음이 품은 경외를 배운다.

세계 7대륙의 최고봉을 향한 여정은 단순한 등반이 아닌, 인간 존재의 경계에 대한 탐색이었다. 베이스캠프에서의 고독, 고봉에서의 경외감, 산 그림자와 하이 앵글의 풍경은 인간의 왜소

함과 자연의 위대함을 대조시킨다.

히말라야의 베이스캠프에서 우리는 숨을 고르며, 고요한 고산의 품에 안겼다. 킬리만자로의 붉은 대지, 알프스의 눈 덮인 능선, 아콩카과의 바람…. 그 모든 순간은 우리로 하여금 인간의 미약함을 일깨웠다.

산은 말이 없었다. 그러나 그 침묵은 경외였다. 산 그림자 아래에서 우리는 자신을 마주했고, 하이 앵글의 풍경은 우리를 내려다보았다. 고봉은 고통이었고, 동시에 환희였다.

그 고독 속에서 우리는 존재의 경계를 넘었다.

경계 속의 낯선 나

지구의 유적지와 유물은 실패의 흔적이 아니다. 그것은 기억을 품은 아름다움이다.

나는 무너진 신전에서 생명을 보았고, 사라진 도시에서 질문을 들었다.

문명은 찬란했지만, 완전하지 않았다. 불평등과 부자유의 모순을 낳았다. 여행지와의 만남은 불완전함 속에서 피어난 미학과 사유를 담고 있다.

경계 속 나의 질문으로 국경을 넘는 일은 단순한 이동이 아니다.

그것은 경계에 대한 질문이다.

   생활 여행자

나는 왜 이 선을 넘어야 하는가?0

이 선은 왜 존재하는가?

인간은 왜 나누는가?

나는 지구촌 세상의 국경을 넘으며 그 질문을 품었다.

어떤 곳은 검문이 없었고, 어떤 곳은 철조망이 있었다.

그 차이는 무엇을 말하는가?

자유란 무엇인가?

안전이란 무엇인가?

경계는 눈에 보이기도 하고, 보이지 않기도 한다.

언어, 문화, 피부색. 그것들은 모두 경계가 된다.

나는 그 경계 앞에서 묻는다.

"우리는 왜 서로를 나누는가?"

질문은 불편하다. 그러나 그 불편함 속에서 진실이 자란다.

나는 경계 앞에서 멈춰 서고, 그 불편함을 받아들인다.

그리고 그 속에서 나의 위치를 되묻는다.

경계는 질문을 만든다. 나는 그 질문을 품고, 다시 길을 걷는다.

그리고 그 질문은 나를 더 넓은 세계로 이끈다.

여행을 시작할 때, 나는 목적지를 꼭 지정하지 않았다. 대신 질문을 품었다.

'나는 왜 떠나는가?'

'무엇을 찾고 싶은가?'

여행은 답을 찾는 일이 아니라, 질문을 만드는 일이다.

길 위에서 나는 끊임없이 묻는다.

낯선 도시를 걷다 보면, 익숙한 감정이 떠오른다.

고요함, 불안, 설렘. 그 감정들은 나를 향한 질문이다.

'나는 누구인가?'

'나는 어디에 속하는가?'

여행은 외부를 보는 일이지만, 결국은 내부를 들여다보게 한다.

질문은 방향을 만든다. 나는 질문을 따라 길을 정하고, 질문을 따라 멈춘다. 어떤 풍경은 나를 멈추게 하고, 어떤 사람은 나를 묻게 한다. 그 물음 속에서 나는 조금씩 나를 알아간다.

사람들은 여행을 통해 세상을 본다고 말한다. 나는 여행을 통해 나를 본다. 질문은 나를 흔들고, 나를 깨운다. 나는 그 흔들림 속에서 살아 있음을 느낀다.

여행이 끝나도 질문은 남는다. 그리고 그 질문이 나를 다시 길 위로 이끈다. 나는 질문하는 여행자다. 답은 중요하지 않다. 중요한 것은 묻는 일이다.

여행이 끝났다고 생각했을 때, 나는 다시 묻는다.

'정말 끝났는가?'

생활 여행자

훈자마을 레이디 핑거봉(파키스탄 카라코람)

짐을 풀고 일상으로 돌아왔지만, 질문은 여전히 남아 있다. 그것은 나를 다시 흔든다.

질문은 끝나지 않는다. 그것은 여행보다 오래 남는다. 나는 그 질문을 품고 다시 일상을 걷는다. 그리고 그 속에서 또 다른 여행을 시작한다.

질문은 삶의 리듬이다. 우리는 묻고, 답하고, 다시 묻는다. 그 반복 속에서 우리는 살아간다. 나는 그 리듬을 따라 나의 삶을 다시 바라본다.

여행은 질문을 만들고, 질문은 삶을 바꾼다.

나는 그 변화를 느끼며, 다시 길을 꿈꾼다.

끝나지 않은 질문은 끝나지 않은 삶이다.

나는 그 질문과 함께 살아간다.

악의 꽃 '문명', 여행지가 되다

나는 그 신전 앞에서, 진짜와 가짜의 경계를 묻는다.

사람들은 사진을 찍고, 웃고, 떠난다. 그들은 그곳에서 경험을 소비하고, 기억을 구매한다. 그러나 그 기억은 진짜일까?

폐허는 시간이 만든 것이다. 그러나 이곳의 폐허는 상품이다. 그것은 시간을 흉내 내지만, 시간을 품지 않는다. 나는 그 차이를 느끼며, 문명의 방향을 되묻는다.

우리는 왜 진짜를 흉내 내는가?

왜 가짜를 더 선호하는가?

문명은 진짜를 잊고, 이미지에 집착한다.

나는 그 집착 속에서 문명의 피로를 본다.

소비된 신전은 말한다. 우리는 진짜를 잃고, 모조를 남겼다고.

나는 그 말 앞에서 멈춰 선다. 그리고 진짜를 다시 찾고 싶어진다.

7대륙 최고봉의 경이로움과 고고함

대륙의 정상은 하늘과 맞닿아 있다.

그곳에 서면, 나는 작아진다.

거대한 자연 앞에서 인간은 겸허해진다.

시작점은 늘 설렘이다.

능선에서 바라본 히말라야 설봉들. 고산은 위엄이 아니라, 겸손을 가르친다.

베이스캠프는 기다림과 준비의 공간.

그곳에서 나는 나의 한계를 마주했다.

정상에 오르면 세상이 작아진다. 그러나 그 작음 속에서 나는 나를 크게 느꼈다. 고봉은 나를 비추는 거울이었다.

고산은 침묵한다. 그 침묵 속에서 나는 경외를 배웠다.

자연은 말없이 가르친다.

"해발 고도보다 더 높이 뛰는 것은 가슴 속 심장박동이다."

"산은 정복하는 대상이 아니라, 매번 새로 만나야 할 인격체 같다."

인간의 도전과 경이로움이 교차하는 고산 .

자연의 위대함 앞에서 인격은 겸허해지고, 존재는 투명해진다.

히말라야의 바람은 말이 없었다. 그것은 존재의 침묵이었다.

나는 에베레스트의 그림자 아래에서 나의 작음을 느꼈고, 몽블랑의 눈 속에서 나의 투명함을 보았다.

고산은 정복의 대상이 아니라, 이해의 대상이다.

킬리만자로의 정상에서 나와 너를 넘었다.

그것은 승리가 아니라, 겸허였다.

인격의 성숙 고통은 나를 낮추었고, 경이로움은 나를 들어올렸다.

산도 높지만, 마음은 더 높을 수 있다

지구의 꼭대기들은 대륙마다 다른 심장을 뛰게 한다.

에베레스트의 설벽, 몽블랑의 설원, 킬리만자로의 빙하, 데날리의 눈보라…. 각각의 봉우리는 그곳만의 고통과 경이로움을 안겨준다.

베이스캠프에서 나눈 미소와 숨 가쁜 대화 속엔 국경이 없었다.

히말라야의 새벽 공기는 차갑지만, 심장은 뜨겁게 뛰었다.

알프스의 하늘은 낮지만, 봉우리 위에서는 끝없이 높게만 보였다.

킬리만자로의 고요, 데날리의 거친 숨, 아콩가과의 태양빛은 저마다 다른 언어로 나를 환영했다.

산은 늘 제자리였지만, 찾는 나는 매번 다른 사람이었다.

호구폭포(산서성/섬서성)

태행협곡 태행산

유황사막(에티오피아 다나킬 저지대)

생활 여행자

2장 /
비현실적 절경과 자연의 예술

"오지의 비현실적 비경을 찾아 탐험하다."

나이아가라는 북미의 힘, 이과수는 남미의 광기, 빅토리아는 아프리카의 신비다. 물은 떨어지며 세계를 흔든다.

기타 오지의 폭포는 지도에 없는 감정이다.

그곳에서 나는 문명 이전의 자연을 만났다.

에디오피아 다나킬 저지대의 유황 사막과 용암 강, 캐나다 엘로나이프의 극광, 남미 파타고니아와 아이슬란드의 빙하 강은 접근마저 쉽지 않은 세계의 끝 같은 장소들이다.

그곳에서 맡은 유황 냄새, 눈앞에서 출렁이는 용암의 붉은 숨, 하늘을 흔드는 오로라의 춤, 빙하 강의 차갑고 푸른 호흡은 현실의 감각을 가볍게 뛰어넘는다.

자연은 환상보다 더 환상적이다. 그 경계에서 나는 현실을 의심하고, 감각을 믿는다.

대지의 예술은 인간의 흔적이고, 자연 예술은 존재의 흔적이다. 이 둘은 충돌하지 않고 공존한다.

세계 3대 폭포 비현실적 절경은 자연의 낙하와 침묵을 통해 인간의 감각을 흔든다.

물안개와 색 소리, 유황 사막과 용암 강은 자연의 예술성과 신비를 드러내며, 인간의 사유를 확장시킨다.

나이아가라의 물줄기는 거침없었고, 이과수의 낙하 음은 대지를 흔들었다. 빅토리아 폭포 앞에서 우리는 말을 잃었다. 물안개는 감정을 감췄고, 색과 소리는 기억을 흔들었다.

아이슬란드의 오지에서 만난 폭포는 사유의 공간이었다. 유황 사막의 노란 대지, 용암 강의 붉은 흐름… 그곳은 현실을 넘어선 풍경이었다. 자연은 예술이었고, 우리는 그 앞에서 침묵했다. 절경은 질문을 던졌고, 우리는 답하지 못했다.

지구의 절경 나이아가라의 포말은 얼굴을 적시고, 빅토리아 폭포의 무지개는 마음을 덮었다. 설산과 빙하는 천천히 흘러가지만, 그 앞에서 느끼는 시간은 멈춘 듯했다.

빅토리아 폭포(아프리카 잠비아)

구채구 황룽(중국 쓰촨성)

절경은 눈으로 보는 것이 아니라, 가슴으로 새기나보다.

이과수 폭포에서는 수십 갈래의 물줄기가 동시에 쏟아져 내려, 대화 소리가 묻힐 정도였다.

빙하가 깎아낸 아이슬란드의 절벽과 돌로미테의 기묘한 바위 봉우리는 현실감마저 사라지게 했다.

사람이 닿지 않은 곳엔 신비가 있다. 아이슬란드의 불빛, 남미의 용암, 아프리카의 사막…. 그곳에서 나는 현실을 잊었다.

하늘과 땅이 춤을 춘다. 극광은 하늘의 춤, 유황은 땅의 숨결. 나는 그 춤에 취했다.

환상은 경계에서 피어난다.

현실과 비현실 사이, 나는 자연의 마술을 보았다.

생활 여행자

랑산 팔각재(중국)

대지는 예술가다. 용암이 그린 선, 바람이 만든 곡선… 그 숨
결은 나를 감동시켰다.

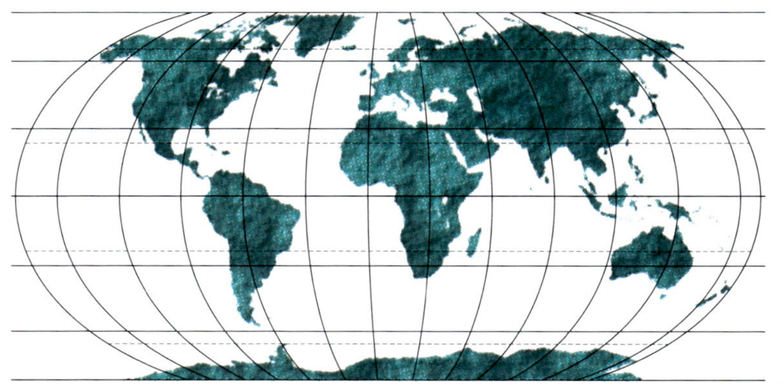

생활 여행자

3장 /
대륙과 문명을 가로지르다.

“대륙과 문명의 경계를 가로지르고 종단하며
낯선 나를 되짚어 보았다.”

"길은 사유의 무대이고,
나는 그 길 위의 배우였다."

사막은 침묵이고, 눈은 망각이다.

실크로드는 문명의 흔적을 따라 걷고, 시베리아 열차는 시간의 터널을 지난다.

몽골 초원 캐러밴과 유목민의 웃음.

유목민은 고정되지 않는다. 그들의 차 한 잔은 환대이자 철학이다. 초원은 자유의 상징이다.

오세아니아, 아프리카, 아메리카 대륙 종단.

대륙을 종단한다는 것은 문명의 단면을 가로지르는 일이다. 그 여정은 지리적 이동이 아니라 존재의 이동이다.

사막의 오아시스에서 쓴 '추억'.

모래는 글자가 없지만, 시를 품는다.

오아시스에서 나는 물보다 감정을 마셨다.

고대 유적 앞에서의 묵상.

유적은 돌이 아니다. 그것은 시간이고, 기억이다.

나는 그 앞에서 침묵했고, 침묵은 사유가 되었다.

실크로드, 시베리아 횡단열차, 몽골 초원…

문명의 통로를 따라 걷는 여정은 시간과 공간을 넘나드는 사유의 흐름이다. 유목민과의 차 나눔, 사막 오아시스에서 쓴 추억은 인간과 자연의 교차점을 보여준다.

실크로드의 사막은 뜨거웠고, 시베리아의 눈은 차가웠다. 우리는 그 극단 사이를 횡단했다. 몽골 초원에서 유목민과 나눈 차 한 잔은 문명과 자연의 경계에서 피어난 대화였다.

사막의 오아시스에서 우리는 모래 시를 썼다. 바람이 글자를 지우고, 태양이 의미를 증발시켰다. 문명의 통로는 단순한 길이 아니었다. 그것은 기억의 흐름이었고, 사유의 흔적이었다.

우리는 그 길 위에서 문명의 속도와 인간의 느림을 동시에 느꼈다.

대륙과 문명의 통로를 횡단하는 여정

사막의 모래바람 속에서 낙타 행렬은 옛 상인의 그림자를 닮았다. 대륙이 바뀔 때마다 하늘빛과 인사의 방식이 달랐다. 실크로드의 먼지는 시간과 시간을 연결하는 실이었다.

길 위에서 배운 것은 경계보다 연결이 세상을 넓힌다는 것이었다.

사막의 모래는 발자국을 금세 삼켜 버렸다. 오래된 캐러밴 길을 걷다 보면, 먼 곳에서 낙타 방울 소리가 바람에 실려 들려 왔다.

아메리카 대륙 종단에서는 초원 위로 끝없는 도로가 실처럼 이어졌고, 하늘과 땅의 경계가 사라졌다.

문명의 잔해와 변화의 미학

무너진 것에는 아름다움이 있다.

나는 오래된 폐허를 걷는다. 벽은 갈라지고, 천장은 무너졌지만, 그 속에는 빛이 들어온다. 그 빛은 말한다. 폐허는 끝이 아니라, 예술이이라고.

사람들은 완전함을 추구하지만, 나는 불완전함 속에서 아름다움을 본다. 균열, 낡음, 침묵. 그것들은 모두 시간의 흔적이다. 나는 그 흔적을 따라 폐허의 미학을 느낀다.

폐허는 실패의 흔적이지만, 그 실패는 인간적이다.

우리는 완벽하지 않다. 그리고 그 불완전함 속에서 우리는 진실해진다. 나는 그 진실을 폐허 속에서 보았다.

예술은 종종 폐허에서 시작된다. 무너진 것, 사라진 것, 잊힌 것. 그것들은 새로운 창조의 씨앗이 된다. 나는 그 씨앗을 바라보며, 폐허를 다시 본다.

폐허는 아름답다. 그것은 시간과 인간, 자연과 기억이 만나는 장소다. 나는 그 장소에서 나의 불완전함을 받아들인다.

　　　　생활 여행자

와디럼 사막(요르단)

사라진 도시의 그림자

마추픽추의 고요함 속에 서 있다. 사람은 사라졌지만, 도시의 흔적은 남았다. 돌로 쌓은 집, 계단식 밭, 하늘과 가까운 신전. 그 모든 것들이 침묵 속에서 말을 건넨다.

나는 그 도시를 걷는다. 발걸음마다 과거가 울린다. 이곳에 살았던 사람들, 그들이 남긴 흔적, 그들이 떠난 이유. 도시가 사라졌지만, 문명은 남았다.

폐허는 사라진 것의 흔적이다. 그러나 그 흔적은 살아 있다. 나는 그 흔적을 따라 문명의 본질을 묻는다.

'우리는 왜 도시를 만들고, 왜 그것을 떠나는가?'

마추픽추는 말이 없다. 그러나 그 침묵은 깊다. 나는 그 침묵 속에서 인간의 흔적을 느낀다. 그것은 찬란했고, 짧았고, 강렬했다.

사라진 도시는 끝이 아니다. 그것은 질문이다.

우리는 무엇을 남기고, 무엇을 잊는가?

나는 그 질문을 품고, 도시를 떠난다.

그리고 그 질문은 나와 함께 남는다.

고산준령의 고고함과 '고도는 인간의 본질을 드러낸다.'

고산지대에서 인간이 겸허해지는 모습을 통해, 고도에 따라 사고와 태도가 달라지는 경험을 한다.

도시의 골목에서 만난 사유 도시의 골목이 단순한 통로가 아니라 사유의 공간임을 보여준다. 나는 골목을 걷는 동안, 도시의 기억과 사람들의 흔적을 발견한다.

문명은 사라져도 흔적은 남는다.

걷는 자만이 기억한다. 기억은 발걸음에 새겨진다.

베이스캠프에서 본 인간이 멈춘 자리에서 인간의 본질이 드러나는 순간을 포착한다. 다양한 사람들과의 만남을 통해 인간을 관찰한다.

문명과 자연 사이에서 우리는 늘 중심을 찾는다. 두 세계는 서로를 밀어내는 대립이 아니라, 함께 숨 쉬며 균형을 이루는 두 축이다.

 생활 여행자

그 사이에서 삶의 무게를 어떻게 조율할 것인지는 결국 우리의 몫이다.

여행은 정복이 아니라 이해다. 여행의 본질은 낯선 타인을, 낯선 세계를 이해하려는 겸손한 태도에 있다. 나는 현지 문화를 존중하며 여행의 본질을 되새긴다.

문명의 속도에서 벗어나 느림의 미학을 경험한다. 느림은 선택이며 저항이다.

신전은 나무에 삼켜졌다. 인간이 만든 신은 자연에 의해 기억된다. 폐허는 살아 있는 시간이다.

아테네의 폐허 속에서 민주주의의 흔적을 본다. 무너진 기둥은 이상이 남긴 그림자다.

베를린 장벽의 흔적. 분단은 사라졌지만, 기억은 벽에 새겨져 있다.

라스베이거스의 모조 신전. 진짜보다 더 진짜 같은 가짜. 문명은 소비로 신을 지운다.

무너진 것의 아름다움. 폐허는 실패의 흔적이 아니라, 기억을 품은 예술이다.

마추픽추의 고요함. 인간은 사라졌지만, 문명은 남았다. 폐허는 끝이 아니라 시작이다.

여행은 답을 찾는 것이 아니라, 질문을 만드는 일이다.

길 위에서 나는 끊임없이 묻는다.

고대 도시 페트라(요르단)

풍경은 사유를 부르고, 아름다움은 질문을 낳는다.

나는 그 앞에서 멈춘다.

국경을 넘으며 묻는다.

경계는 왜 존재하는가?

인간은 왜 나누는가?

폐허 앞에서 나는 묻는다.

우리는 무엇을 잊었는가?

기억은 왜 사라지는가?

기술은 발전했지만, 우리는 더 나은가?

문명은 스스로를 묻고 있는가?

여행이 끝나도 질문은 남는다. 질문이 있는 한, 사유는 계속된다.

생활 여행자

자연과의 소리 없는 대화

나는 그 소리 속에서 대화를 느낀다. 인간이 만든 경계는 침묵을 강요하지만, 자연은 그 침묵을 뚫고 말을 건넨다.

철조망은 단단하고 날카롭다. 그것은 경계 분단의 상징이며, 침묵의 구조물이다.

그러나 바람은 그 위를 지나간다. 바람은 경계를 인정하지 않는다. 그것은 자유롭고, 무형이며, 끊임없이 흐른다.

나는 그 바람을 들으며 경계 너머의 풍경을 상상한다.

새와 구름은 국경을 넘는다. 자연은 인간의 경계를 이해하지 못한다. 그것은 단절을 거부하고, 연결을 지향한다. 나는 그 연결 속에서 소리 없는 대화를 듣는다. 바람과 철조망, 새와 하늘, 나와 너.

침묵은 말이 없다는 뜻이 아니다. 때로는 말보다 깊은 대화가 침묵 속에서 이루어진다.

나는 철책 앞에 서서 그 침묵을 듣는다. 그리고 그 속에서 바람이 전하는 이야기를 읽는다.

여행은 경계를 넘는 일이다. 물리적인 국경뿐 아니라, 마음의 경계도. 나는 그 경계를 마주하며, 바람과 대화를 나눈다. 소리 없는 대화는 말보다 진실하다. 그것은 존재의 깊은 층위에서 이루어지는 교감이다.

석탑의 시간

고요한 사찰의 석탑 앞에 서면, 시간은 멈춘다. 아니, 정확히 말하면 시간은 돌 속에 들어가 있다. 손끝으로 돌을 만지면, 천 년의 숨결이 느껴진다. 돌은 말이 없지만, 그 침묵 속에는 역사가 있다.

석탑은 단순한 구조물이 아니다. 그것은 시간의 집이다. 수많은 손길이 닿았고, 수많은 바람이 지나갔다. 그 모든 것이 돌에 새겨졌다. 나는 그 돌을 바라보며 과거의 사람들을 상상한다.

그들은 어떤 마음으로 돌을 쌓았을까?

돌은 변하지 않는다. 그러나 그 속에는 변화가 있다. 이끼가 끼고, 균열이 생기고, 색이 바랜다. 그 변화는 시간의 흔적이다. 나는 그 흔적을 읽으며 돌이 품은 시간을 느낀다.

경주는 도시 전체가 시간이다. 길을 걷는 일은 시간을 걷는 일이다. 나는 석탑 앞에서 멈춰 서고, 손끝으로 시간을 더듬는다. 그곳에는 말보다 깊은 역사가 있다.

여행은 시간을 만지는 일이다. 돌을 통해, 풍경을 통해, 사람을 통해. 나는 그 시간 속에서 나를 발견한다. 돌은 말이 없지만, 그 침묵 속에서 나는 나의 시간을 듣는다.

경계 없는 비경이 춤을 추다

황산의 운해, 태산의 일출, 화산의 험준함.

카르스트 지형의 기묘한 곡선과 절벽, 오지의 고원과 사막, 초원의 바람…. 그 속에는 수천 년을 살아온 사람들의 종교와 신화, 웃음과 애환이 겹겹이 쌓여 있었다.

문화는 결국 자연의 일부이자, 사람의 숨결이었다.

산과 절벽, 바람과 물이 함께 빚은 조형물 속에서 옛사람의 숨결을 느꼈다.

문화를 여행한다는 것은 곧 시간을 여행하는 것이다.

폭포의 굉음은 시간을 깨우고, 설산의 적막은 시간을 멈춘다.

자연은 침묵으로만 말할 수 있는 언어를 우리에게 남긴다.

눈으로 본 풍경이 아니라, 심장이 기억하는 절경들이다

나이아가라의 굉음, 이과수의 장막, 빅토리아 폭포의 무지개. 설산과 빙원, 해안 절벽과 사막 지형은 현실의 틀을 잠시 무너뜨렸다.

풍경을 바라보는 시간은 곧 나를 바라보는 시간이 되었다.

자연은 설명보다 침묵이 더 많은 것을 전한다.

7대륙 최고봉의 위엄과 긴장, 그리고 설렘

산은 멀리서 보면 아름다웠고, 가까이서 보면 위협적이었다.

베이스캠프에서 나는 숨을 고르며 내면의 준비를 시작했다.

높은 고도는 나를 시험했고, 나는 그 시험을 받아들였다.

산소는 희박했고, 심장은 빨리 뛰었다.

그러나 그 고통 속에서 나는 나를 더 깊이 들여다보았다.

정상은 목적지가 아니라, 나를 확인하는 장소였다.

나는 올라갔고, 그곳에서 나는 작아졌고, 작아진 나는 더 넓어졌다.

바람은 말을 하지 않는다. 그러나 나는 그 침묵 속에서 오래된 시간을 들었다.

토착민의 숨소리, 돌담의 균열, 그리고 바람이 지나간 자리….

낙하의 상승감 – 세계 폭포 탐방

하염없이 쏟아지는 폭포 앞에서 나는 말을 잃었다.

물은 하늘에서 떨어졌고, 나는 그 낙하 속에서 상승감을 느꼈다.

폭포는 시간이었다.

과거가 떨어지고, 현재가 흘렀으며, 미래는 물안개 속에 숨어 있었다.

나는 그 물길을 따라 걸었고, 그 물소리 속에서 내면의 소란
을 씻어냈다.

흔적의 길 – 문명 통로 횡단

실크로드는 지도 위에만 있었다. 현실에는 없었다.

사막은 발자국을 지웠고, 초원은 흔적을 감췄다.

그러나 나는 그 길을 느낄 수 있었다.

바람 속에, 모래 속에, 낙타의 눈빛 속에.

문명은 이동했고, 그 이동 속에서 나는 변화를 배웠다.

흔적은 사라지지 않았다. 그것은 기억이었다.

타클라마칸 사막(중국 신강성)

운강 석굴(산시성)

중국 산하의 다양성 재발견

"중국의 다양성을 찾아 순례의 길을 걸었다."

중국의 각 성과 주요 도시

 생활 여행자

"자연의 대지는 예술이었고,
예술은 사유였다."

신장 위구르의 마귀성, 간쑤성의 칠채산은 비현실적 지형이다. 칠채산은 색의 폭발이다. 마귀성은 이름처럼 낯설고, 아름답다.

그 지형은 현실을 의심하게 만든다.

중국 3산·5악·단하지형·태항산맥.

산은 문화의 뼈대다. 3산과 5악은 도교와 유교의 상징이며, 단하지형은 지질의 예술이다.

불교·도교·유교의 산실과 문화적 상징.

산은 종교의 집이다. 불교는 고요를, 도교는 흐름을, 유교는 질서를 품는다.

문화와 지형의 상호작용.

지형은 문화를 낳고, 문화는 지형을 해석한다. 그 상호작용은 여행자의 사유를 깊게 만든다.

역사 문화의 길과 자연의 융합.

길은 단순한 이동이 아니다. 그것은 시간의 흐름이고, 자연과 인간의 융합이다.

중국의 3산·5악, 단하(아단)지형, 태항산맥은 동양문화의 정수이자 지형의 예술이다. 불교·도교·유교의 산실은 정신적 고향이며, 마귀성과 칠채산은 비현실적 풍경 속에서 인간의 상상력을 자극한다.

황산의 운무는 도교의 신비를 품었고, 태산의 단단함은 유교의 질서를 닮았다. 우리는 산을 오르며 사상을 만났다. 루산의 물소리, 안탕산의 고요함… 그 모든 풍경은 철학이었다.

마귀성의 기괴한 바위는 상상력을 자극했다.

태항산맥의 절벽은 인간의 미약함을 드러냈고, 그 위에서 우리는 사유했다. 동양문화의 산하는 단순한 유적이 아니라, 살아 있는 사상이었다.

고의령(중국 후베이성 천저우)

생활·여행자

동양문화의 정수, 중국의 산하를 가다

황산의 운해 속 절벽과 기암은 수묵화 속의 산수 궁궐 같았다.

태산의 정상 일출은 매번 다른 황금빛으로 세상을 깨웠다.

티베트 고원의 바람은 언어를 초월한 인사를 건넸다.

문화는 결국 사람이 만든 풍경이자, 풍경이 키운 사람이다.

실크로드와 대륙 횡단의 여정은 문명의 다양성과 인간의 상상력을 보여준다.

길은 단순한 경로가 아니라, 사유의 무대다.

용호산 노인봉(중국 장시성)

길은 걷는 자의 상징이다

실크로드는 물건만이 아니라, 사상과 감정을 실어 나른다.

나는 유라시아를 가로질렀고, 아프리카의 붉은 흙을 밟았으며,
아메리카의 광야를 지나왔다.

종단과 횡단 – 상상의 무대 위를 걷다

대륙을 종단한다는 것은 경계를 넘는 일이다.

횡단한다는 것은 다양성을 껴안는 일이다.

길은 무대였고, 나는 길 위의 감독이자 배우, 관객이었다.

상상은 현실을 넘고, 다양성은 나를 풍요롭게 한다.

회전 무대 위의 춤과 노래

실크로드의 먼지 속에는 수천 년의 발자취가 섞여 있었다.

길 위에서 만난 차이와 다양성은 내 안의 경계를 허물었다.

길 위에는 수천 년 전의 먼지가 아직도 내려앉아 있다.

유라시아 종단, 아프리카 사막 횡단, 아메리카 대륙 종주.

실크로드의 모래바람은 상인과 순례자의 발자취를 함께 품

고 있었다.

대륙이 바뀔 때마다 언어, 표정, 하늘색까지 달라졌다.

차이는 경계가 아니라 다리를 놓는 재료였다.

중국 대륙의 다양성과 역사의 융합을 경험한다. 그것은 사유의 성지다.

성산의 침묵, 황산의 운무는 마음의 안개였다.

망산(중국 천저우)

태산의 봉우리는 시간의 탑이었다.

단하와 아단지형(지모)의 붉은 벽은 지구의 기억이었다.

그것은 침식이 아니라, 기록이었다.

나는 유교와 불교, 도교의 침묵과 흐름을 따라 걸었다.

유교, 불교, 도교의 길은 종교가 아니라, 존재의 방식이었다.

이곳에서 나는 자연과 역사의 경계를 넘었다.

그것은 순례가 아니다.

전통의 사유 – 동양문화 순례

황산의 안개는 질문이었고, 태산의 돌계단은 대답이었다.

나는 그 사이를 걷고 있었다.

단하의 붉은 색채는 감정이었고, 그 감정은 나를 흔들었다.

자연은 예술이었고, 예술은 사유였다.

나는 그 성지에서 자연과 인간의 경계를 넘었다.

성벽 바람은 성안으로 들어오지 못했고, 대신 침묵이 가득했다.

돌 하나하나에는 수백 년 전의 두려움과 권력이 새겨져 있었다.

웃으며 걷는 세상(笑傲江湖소오강호).

옛 무림의 검은 오늘날 비판의 언어로 바뀌었다.

말이 검이 되고, 침묵이 검이 되고, 때로는 퇴장이 검이 된다.

『소오강호(笑傲江湖)』는 더 이상 무협의 이야기만이 아니다.

권력과 위선, 자유와 고독이 얽힌 오늘의 강호, 그 속에서 우리는 매일 싸운다. 자유를 향한 싸움, 자기 자신을 지키는 싸움, 그리고 세상을 살아내는 싸움.

끝내 웃으며 걷는 자만이 세파(강호의 바람) 속에서 인간의 존엄을 지킨다.

강남 수향마을(중국 저장성)

타림 분지

혹독한 환경, 고독한 여행자의 시선

 생활 여행자

5장 /
낯섦과 경계의 미로(미궁)

"무인지대, 3극지(남극, 북극권과 고지대)
여행을 재구성하다."

"낯섦은 질문을 낳고,
질문은 나를 흔든다."

말이 통하지 않을 때, 마음이 흔들린다.

음식이 낯설 때, 몸이 낯설다.

나는 그 이질감 속에서 나를 새로이 했다.

생각은 문화다. 사고방식이 다를 때, 나는 경계에 선다. 그 경계에서 나는 나를 묻는다.

극지, 무인지대의 묵언.

남극권 눈과 얼음은 존재의 정적이었다.

차가운 바다 위를 떠도는 북극권 해빙은 사라짐의 예고였다.

극지는 자연의 예술이다.

무인지대의 긴장감과 불편함, 불안감은 사유의 시작이다.

의식주 이질감과 번역 불가능한 감정.

낯선 언어는 감정을 번역하지 못한다.

음식은 문화의 맛이고, 풍습은 사고의 틀이다.

경직된 전통과 관습의 불편함.

생활 여행자

전통은 아름답지만, 때로는 불편하다. 그 불편함은 사유의 시작이다.

사고방식의 차이과 경계.

문화는 경계다. 사고방식의 차이는 충돌을 낳지만, 그 충돌은 이해의 문을 연다.

낯선 세계에서 흔들린 내면.

낯섦은 나를 흔든다. 흔들림 속에서 나는 나를 다시 본다.

불편함이 주는 긴장과 조화.

불편함은 긴장을 낳고, 그 긴장은 조화를 부른다. 여행은 그 조화의 연습이다.

낯선 세계에서 마주한 이질감은 인간의 내면을 흔든다.

언어·음식·풍습의 차이, 번역되지 않는 감정, 경직된 전통과 관습은 불편함을 통해 새로운 통찰을 제공한다. 경계는 사유의 시작점이다.

이스탄불의 골목에서 우리는 시간을 만났다. 페루의 고산지대에서 숨이 찼던 순간, 파리의 카페에서 혼자 마신 커피 한 잔… 그 모든 낯섦은 내면을 흔들었다.

언어는 통하지 않았고, 음식은 낯설었으며, 풍습은 이해되지 않았다. 그러나 그 불편함은 긴장을 낳았고, 긴장은 사유를 낳았다. 국경은 단순한 선이 아니었다. 그것은 사고방식의 경계였다. 우리는 그 경계에서 질문을 시작했다.

초현실의 비경과 경이로운 풍경.

마테호른은 상상이었고, 요세미티는 기억이었다.

돌로미테는 꿈이었다.

나는 그 무대 위에서 현실을 잊었다.

초현실은 경이로움이었고, 경이로움은 나를 흔들었다.

자연은 무대였고, 나는 그 무대 위의 배우였다.

침묵과 소란, 우주와 인간.

묵언수행은 자연의 언어였다. 무념무상은 자연의 상태였다.

나는 그 고요함 속에서 인간의 소란을 들었다.

자연은 설명하지 않았고, 인간은 해설사를 자칭했다.

나는 그 침묵을 배우는 중이었다.

고봉, 폭포, 절경, 극지는 행성 지구의 경이로움과 신비를 안겨주었다.

지나간 순간은 어디로 가는가?

지나간 순간들은 어떻게 머물까?

언어는 섞이고, 기억은 분열된다.

여행은 경계에서 시작되고, 경계에서 끝난다.

지구의 비현실적 절경. 폭포와 미봉, 극지의 풍경은 현실을 초월한 자연의 예술이다. 그 앞에서 인간은 침묵하고, 감각은 확장된다.

   생활 여행자

구채구 황룡(중국 쓰촨성)

폭포의 고도와 시간.

나이아가라의 낙차는 시간의 무게였다.

이과수의 물안개는 기억의 흔적이었다.

빅토리아 폭포 앞에서 나는 말문이 막혔다.

산 그림자 속 미봉의 윤곽.

마테호른의 실루엣은 꿈의 윤곽이었다.

토레스 델 파이네의 봉우리는 고독의 형상이었다.

미궁 속 세월(나이)의 무게와 지혜를 걷다

생활 여행자

지구 오지를 오가며 걸어온 길 위에서, 나는 세월의 무게를 발끝으로 느낀다.

젊은 날의 발걸음은 가볍고 성급했다. 하지만 걸어온 경험(내공)은 천천히 멈추어 바라볼 줄 안다.

길 위에서 만난 사람들의 얼굴…, 바람에 스치는 낯선 언어…, 모두가 세월(나이)의 주름 속에 새겨진 지혜가 된다.

세월은 짐이 아니라, 나를 더 깊게 바라보게 하는 렌즈였다.

나는 오늘도 걷는다. 무거운 듯 가벼운, 세월의 선물과 함께.

케냐 원주민

계림 용승 계단식 논(중국)

그랜드 캐니언(미국)

캐니언랜드(미국)

생활 여행자

옐로우스톤(미국)

그랜드 티턴(미국)

아치스(미국)

 생활 여행자

3부
질문 ― 문명의 잔해 속에서 나를 묻다

"실패한 문명의 악의 꽃(금기와 금언)은
산 자와 죽은 자의 '그림자'가 되었다."

쌍해무리

생활 여행자

1장 /
우주의 침묵과 생명의 비밀

"문명의 잔해 속에서 나를 묻다."

별은 말이 없고, 우주는 침묵한다. 그 침묵 속에서 나는 나를 바라본다. 인간은 우주의 먼지, 그러나 그 먼지 속에도 빛이 있다.

죽음은 끝이 아니라 다른 시작이다. 나는 사라진 자들과 대화했다. 그들은 말하지 않았지만, 나는 들을 수 있었다.

말이 많을수록 진실은 멀어진다. 나는 침묵을 택했다. 묵언은 고요한 저항이고, 존재의 가장 깊은 언어였다.

별빛은 멀고, 잡초는 가까웠다. 그러나 둘 다 생명을 품었다. 나는 그 아우라 속에서 나의 생을 되새겼다.

자연은 조용히 존재한다. 인간은 끊임없이 해명하고, 정당화한다. 그 변명은 문명의 흔적이고, 동시에 인간의 불안전성이다.

묵언수행과 존재의 침묵. 나는 말하지 않고 걷는다. 침묵 속에서 존재는 더 선명해진다. 묵언은 고통이 아니라 해방이다.

잡초와 잔돌의 철학. 잡초는 무시되지만, 가장 먼저 자란다.

잔돌은 버려지지만, 길을 만든다. 나는 그 존재들의 철학에서 인간의 본질을 배운다.

자연과 인간 우주적 은유. 자연은 존재하고, 인간은 해석한다. 그 차이는 문명을 만들고, 동시에 문명을 무너뜨린다.

엘로나이프 오로라 캠프(캐나다)

우주적 시선과 인간의 변명(감정과 감각 해설). 나는 설명하지 않고 느낀다. 해설은 지식을 주지만, 감각은 통찰을 준다. 여행은 감각의 훈련이다.

자연은 말이 없고, 인간은 끝까지 변명한다. 잡초와 잔돌조차 존재의 귀함을 품고 있지만, 인간은 해설로 존재를 왜곡한다. 잡초와 잔돌은 해설이 아닌 감각으로 존재를 증명했다.

묵언수행과 침묵은 존재의 본질을 드러내며, 변명은 그 본질을 가린다.

우리는 자연을 해설하려 했다. 그러나 자연은 해설을 거부했다. 바람은 설명하지 않았고, 돌은 침묵했다. 잡초는 무시당했지만, 그 생명력은 누구보다 강했다. 잔돌은 걸림돌이 아니라, 기반이었다.

인간은 끝까지 변명했다. 존재의 본심은 겉치레에 가려졌고, 타인의 시선은 자유를 방해했다. 우리는 묵언수행을 통해 침묵의 언어를 배웠다.

자연은 말이 없었고, 그 침묵이 진실이었다.

진실은 결코 언어로 해석되지 않는다.

우주와 생명의 탄생

태초의 우주는 말이 없었다. 그것은 무(無)도 아니고 유(有)도 아닌, 숨조차 들이쉬지 못하는 혼돈과 무질서의 숨결이었다.

모든 가능성이 겹겹이 접힌 채, 아직 펼쳐지지 않은 이야기가 고요 속에 잠들어 있었다.

빛의 씨앗 그리고 어느 순간, 그 고요는 존재의 침묵으로 찢어졌다.

빛이 태어났다. 그것은 단순한 광휘가 아니라 질서의 씨앗이었고, 시공간을 잉태한 첫 울림이었다.

별, 그 존재들은 그 씨앗의 꽃이었고, 행성은 그 꽃잎의 흔적
이었다.

시공간의 노예

우주는 시간의 미궁(자궁)이 되었다.

그 안에서 원자들은 춤을 추었고, 중력은 사랑처럼 끌어당겼다.

물은 기억을 품었고, 탄소는 꿈을 꾸기 시작했다.

그리고 어느 날, 그 꿈은 의식의 불꽃으로 피어올랐다.

의식(존재감)의 불꽃

생명은 단지 생존이 아니었다.

그것은 우주가 스스로를 바라보는 거울이었다.

눈동자 속에 별이 깃들고, 심장 속에 무의 경계가 울렸다.

우리는 그 경계를 넘나드는 존재로, 우주가 자신을 이해하려
는 시도였다.

무의 경계

탄생은 끝이 아니었다. 그것은 무와 유 사이의 숨결, 끊임없는 질문의 시작이었다. 우리는 묻는다.

"왜 탄생 생성으로 존재하는가?"

그 질문 자체가 생명의 증거이며, 우주의 가장 깊은 시(詩)이다.

우주는 과학적 사실을 초월한다.

탄생과 존재의 신비를 시적 감정으로 탐색할 뿐이다.

우리는 우주와 생명체에 대하여 끊임없이 질문하며 불확실하고 불완전함을 확인하고 성장할 뿐이다.

지금 현재진행형으로 탄생한 존재임을 이해했을 뿐이다.

결국 내일, 다시 묻기로 한다.

브로모 화산(인도네시아)

고대 로마 유적(요르단)

고대 로마 유적(요르단 암만 시타텔)

2장 /
문명의 잔해와 침묵

"시공은 실패한 문명을 품는다."

실패한 문명은 악의 꽃인가?

문명은 명분과 실리에 따라 입장이 바뀔 수 있다는 점에서 아직 희망이 있다. 그러나 극단으로 치우친 문명은 힘을 숭배하는 정글의 법칙과 타자에 대한 배타·혐오에 기초한 문명 실패의 상징, 곧 '악의 꽃'이다.

이 실패한 문명, 잘못 선택된 극단의 문명을 넘어서기 위해 우리는 소수의 일방통행 문명이 아닌 다수의 자유와 평등, 그리고 행복을 위한 문명을 성찰해야 한다.

주류와 비주류의 간극

여행은 낯선 문명과의 조우다.

그 조우 속에서 우리는 익숙한 세계의 틀을 벗어나 주류와

생활 여행자

비주류의 경계에 선다. 도시부터 작은 마을까지, 문명은 다양한 얼굴을 하고 있다.

그러나 그 다양성 속에서도 분명한 간극이 존재한다.

주류와 비주류, 중심과 주변, 표준 또는 기준의 예외.

내가 찾은 간극의 분위기와 사람들의 시선은 전혀 달랐다. 세련됨과 규범이 지배하고, 자유와 저항이 숨 쉬었다.

주류는 질서를 요구하고, 비주류는 그 질서에 질문을 던진다.

종종 주류의 문명에 끌린다. 유명 관광지, 고급 레스토랑, 정제된 문화.

제라쉬 고대 로마 유적(요르단)

그러나 진정한 문명 성찰은 비주류의 공간에서 마주한다. 그곳에는 주류가 놓친 이야기들이 있다. 예술가의 낡은 작업실,

이방인들의 시장, 거리 공연자의 목소리. 이들은 문명의 주변부에 있지만, 그 생동감은 중심보다 더 진하다.

문명은 끊임없이 주류를 재정의한다. 과거의 비주류가 오늘의 주류가 되기도 하고, 주류였던 것이 시대의 흐름 속에서 밀려나기도 한다.

여행은 그 흐름을 목격하는 과정이다. 주류와 비주류의 간극은 고정된 것이 아니라, 끊임없이 이동하는 경계선이다.

결국 여행은 선택의 연속이다. 나는 어디에 설 것인가? 주류의 안락함 속에 머물 것인가, 아니면 비주류의 불확실성 속으로 걸어 들어갈 것인가?

그 선택이 문명을 바라보는 나의 시선을 결정한다. 그리고 그 시선은, 내가 어떤 여행자가 될지를 말해 준다.

여행은 단순한 이동이 아니다. 그것은 문명의 구조를 관찰하고, 그 속에서 자신이 어디에 위치하는지를 되묻는 행위다. 특히 낯선 도시를 걷다 보면, 문명이라는 이름 아래 존재하는 '주류'와 '비주류'의 간극이 선명하게 드러난다. 그 간극은 때로 거리의 포장 상태로, 때로는 사람들의 표정으로, 때로는 침묵으로 말한다.

 생활 여행자

주류의 얼굴 - 질서와 표준

주류 문명은 늘 정돈되어 있다. 공항의 자동화 시스템, 대형 쇼핑몰의 브랜드 매장, 관광지의 안내 표지판. 이곳에서는 예측 가능성이 곧 안정성이다. 여행자는 이 안정성에 안도하며, 문명의 '표준'에 따라 움직인다. 파리의 루브르 박물관, 뉴욕의 타임스퀘어. 이들은 문명의 중심이자, 주류의 상징이다.

그러나 이 질서 속에는 보이지 않는 규범이 존재한다. 옷차림, 말투, 행동 방식. 주류는 무언의 기준을 제시하고, 그 기준을 따르지 않는 자는 '이방인'이 된다. 나는 한 번, 낡은 배낭을 메고 걷다가 수많은 정장 차림의 사람들 사이에서 묘한 이질감을 느꼈다.

그 순간, 나는 문명 속에서 '비주류'가 되었다.

비주류의 풍경 - 저항과 생동

비주류는 문명의 주변부에 존재한다. 그것은 도시의 뒷골목, 변두리 시장, 혹은 이방인들이 모여 사는 지역일 수 있다. 이곳에는 질서 대신 생동감이 있다. 규범 대신 창조가 있다. 나는 여행지에서 그 생동을 목격했다. 낡은 벽에 그려진 그래피티, 거리 공연자의 즉흥 연주, 골목 안 작은 책방의 낯선 언어들.

이들은 문명의 비주류이지만, 그 속에는 주류가 잊고 있는 인간의 숨결이 있다.

비주류는 종종 저항의 언어를 사용한다. 그것은 정치적일 수도 있고, 문화적일 수도 있다. 그러나 그 저항은 단순한 반발이 아니라, 문명의 다양성을 지키기 위한 몸부림이다. 나는 어느 골목길에서 "우리는 잊히지 않을 것이다!"라는 구호를 본다.

그 말은 문명에 대한 가장 깊은 성찰이었다.

경계의 유동성 – 주류와 비주류는 바뀐다

흥미로운 것은 주류와 비주류의 경계가 고정되어 있지 않다는 점이다.

과거에는 비주류였던 것이 시간이 지나 주류가 되기도 하고, 주류였던 것이 시대의 흐름 속에서 밀려나기도 한다. 예술, 패션, 언어, 음식 등 모든 영역에서 경계는 끊임없이 이동한다. 여행자는 그 흐름을 목격하는 증인이 된다.

과거에는 위험 지역으로 분류되던 곳이 이제는 예술가들의 성지로 변모한 모습을 보았다. 그 변화는 단순한 도시 재개발이 아니라, 문명이 스스로의 경계를 재정의한 결과로 보였다.

여행자의 선택

결국 여행은 선택의 연속이다.

'나는 어디에 설 것인가?'

주류의 안락함 속에 머물 것인가, 아니면 비주류의 불확실성 속으로 걸어 들어갈 것인가? 그 선택이 문명을 바라보는 나의 시선을 결정한다. 그리고 그 시선은 내가 어떤 여행자가 될지를 말해 준다.

나는 이제, 유명 관광지에서 사진을 찍는 것보다 낯선 골목에서 사람들과 눈을 맞추는 순간에 더 큰 의미를 느낀다. 문명은 중심에서만 존재하지 않는다. 오히려 그 주변에서, 우리는 문명의 진짜 얼굴을 마주하게 된다.

문명의 속도와 인간의 리듬

침묵하는 유적과 사라진 신앙. 유적은 말이 없고, 신앙은 사라졌다. 그 침묵은 질문을 낳는다.

돌에 새겨진 문양과 왕국의 기록. 문양은 기록이다. 왕국은 사라졌지만, 돌은 기억한다.

망각된 문명의 흔적. 문명은 망각된다. 그러나 그 흔적은 사유를 부른다.

폐허의 미학. 폐허는 실패를 기념하는 공간이다. 그 공간은 성찰의 장소이다.

무너진 도시·사라진 언어·소비된 신전. 도시는 무너졌고, 언어는 잊혔고, 신전은 소비되었다. 문명은 흔적만 남았다.

폐허는 실패를 기념하는 공간이었다.

나는 그 앞에서 묵상했다.

'문명은 왜 실패하는가?'

자연은 말이 없고, 인간은 끝까지 변명한다. 그러나 금기(금언)의 역습은 극복하지 못했다.

제라쉬 고대 로마 유적(요르단)

생활 여행자

잘못 선택한 문명의 흔적들 말이 없다

무너진 도시, 사라진 언어, 침묵하는 유적은 인간의 기억보다 망각에 익숙하다. 폐허는 실패의 흔적이자 아름다움의 기념물이다. 그 속에서 우리는 질문을 시작한다.

로마의 콜로세움은 웅장했지만, 그 돌담은 침묵했다. 아테네의 파르테논은 빛났지만, 그 기둥은 말을 잃었다. 우리는 그 폐허 앞에서 멈췄다. 문명은 기억되지 못한 자들의 흔적으로 남아 있었다.

돌에 새겨진 문양은 사라진 왕국의 기록이었다. 유적은 말이 없었고, 우리는 그 침묵 속에서 질문을 시작했다. 폐허는 끝이 아니라, 시작이었다. 실패를 기념하는 공간에서 우리는 문명의 유한성을 마주했다.

실패한 문명, 그리고 잔해의 침묵

왕궁은 높았고, 성채는 견고했다. 그 안에는 화려함이 있었지만, 그 화려함은 침묵을 감추는 비밀의 장막이었다.

민중은 기록되지 않았다. 그들은 말하지 않았고, 말할 수 없었고, 말해도 들리지 않았다.

나는 그 성벽 앞에서 멈췄다.

권력의 구조는 아름다웠다. 하지만 그 아름다움은 진실을 가렸다.

문명은 실패하지 않았다. 성공하지도 못했다. 다만, 선택을 잘못했을 뿐이다.

권력의 상징인 높은 성벽은 적을 막기 전에, 사람과 사람을 갈랐다.

권력의 성은 언젠가 무너져도, 성 밖의 기억은 오래 남는다.

성벽은 적을 막기 전에 사람과 사람을 갈랐다.

철옹성, 왕궁, 거대한 성당과 모스크. 화려한 건축물 속엔 지배자의 권력과 피지배자의 침묵이 공존했다.

성벽 밖의 풍경은 권력이 그릴 수 없는 그림이었다.

권력은 무너져도, 기억은 무너지지 않는다.

갈등과 전쟁으로 인한 희생의 흔적 그 모든 것은 인간의 선택이었다.

선택하지 않아도 되는 것을 우리는 선택했고, 그 선택은 희생을 낳았다.

모스크의 폐허는 기도의 흔적이었고, 총탄 자국은 신념의 파편이었다.

나는 그 흔적을 따라 걸었다.

걸을수록 무거워졌고, 무거워질수록 인간의 독선과 편견의 악의를 알았다.

제라쉬 고대 로마 유적(요르단)

전쟁은 기억보다 오래 남는다.

그것은 땅에 새겨진 문장이다.

희생양의 흔적, 전쟁과 대학살, 종교와 민족 갈등의 유적지에서 인간의 잔혹성과 문명의 왜곡성을 목격한다.

중동의 사원은 아름다웠지만, 희생양의 기록인 전쟁터의 흙은 피를 기억하고, 바람은 이름을 모른다.

희생은 숫자가 아니라, 이름과 얼굴을 가진 역사다.

그러나 흙은 피를 기억한다.

전쟁터, 대학살지, 종족 청소의 흔적. 종교적 독선과 민족 정체성 부재는 사람을 희생양으로 만들었다.

여행자는 그 땅에서 묻힌 알 수 없는 이름들을 조용히 불러 보았다.

희생은 숫자가 아니라, 얼굴과 목소리를 가진 역사다.

실패한 문명의 잔해에서 잘못 선택한 문명의 폐허는 가장 정직한 기억이다.

폐허는 감추지 않는다.

무너진 건물과 버려진 공간은 문명의 진실을 그대로 드러낸다.

나는 그 정직함 속에서 문명의 본질을 마주했다.

건물의 벽은 무너졌지만, 삶은 남아 있었다.

나는 그 흔적 속에서 인간의 존재를 읽었다.

잔해보다 중요한 것은 그 안에 담긴 이야기였다.

예술은 폐허에서 태어난다.

예술은 완벽보다 균열에서 시작된다. 나는 폐허 속에서 창작하는 예술가들을 만났고, 그들의 작업은 문명의 균열을 꿰매는 일이었다.

나는 도시의 잔해 속을 걸었다. 피할 대상이 아니라 마주할 공간이었다. 걷는 행위 자체가 사유였고, 잔해는 질문을 던졌다.

문명은 잘못 선택했지만, 사람은 살아 있었다.

나는 폐허 속에서도 살아가는 사람들의 이야기를 들었다.

그들은 문명의 허구보다 강했다.

낡은 창문 너머로 들어오는 빛은 가장 선명했다. 어둠 속에서 빛은 더 또렷하게 보였다. 나는 그 빛에서 희망을 보았다.

재건은 기억에서 시작된다. 나는 폐허를 복원하는 사람들을 만났고, 그들의 손길은 과거를 미래로 이어주는 다리였다.

     생활 여행자

앙코르와트의 신전은 나무에 삼켜졌다.

뿌리는 돌을 감싸고, 기둥을 휘감으며, 천천히 신전을 집어삼킨다.

인간이 만든 신은 자연에 의해 기억된다.

폐허는 파괴가 아니라, 공존의 흔적이다.

나는 그 신전 앞에 서서 인간의 야망과 자연의 인내를 동시에 느낀다.

돌은 견고하지만, 뿌리는 끈질기다. 수백 년의 시간 속에서 나무는 돌을 품었고, 돌은 나무에 자리를 내주었다. 그 둘은 싸우지 않았다. 그들은 함께 늙어 갔다.

앙코르의 폐허는 아름답다. 그것은 실패의 흔적이 아니라, 시간의 예술이다.

인간은 신을 만들었고, 자연은 그 신을 기억했다.

나는 그 기억 속에서 인간과 자연의 대화를 듣는다.

폐허는 끝이 아니다. 그것은 시작이다.

무너진 신전 속에서 나는 새로운 생명을 본다. 나무는 자라고, 이끼는 피고, 바람은 속삭인다. 그 속에서 나는 문명의 본질을 묻는다.

우리는 무엇을 남기고, 무엇을 잊는가?

앙코르의 뿌리는 말한다. 기억은 돌에 새겨지는 것이 아니라, 살아 있는 것에 남는다고. 나는 그 말을 들으며, 폐허 속에서 생명을 본다.

유적지와 유물들, 그리고 잔해

아테네 고대 유적의 폐허 속을 걷는다. 파르테논 신전은 기둥만 남았다. 그러나 그 기둥은 이상이 남긴 그림자다. 민주주의, 철학, 예술….

모두 이곳에서 시작되었다. 그리고 모두 이곳에서 흔적으로 남았다.

그러나 문명의 허구성에 대한 질문은 남는다.

나는 그 기둥을 바라보며, 문명의 무게를 느낀다. 그것은 찬란했지만, 완전하지 않았다. 이상은 현실과 부딪혔고, 현실은 이상을 무너뜨렸다.

그러나 그 무너짐 속에서도 우리는 여전히 그 이상을 꿈꾼다.

폐허는 실패의 증거가 아니다. 그것은 시도의 흔적이다. 아테네 식은 완벽하지 않았지만, 시도했다. 그리고 그 시도는 기둥에 남았다. 나는 그 흔적을 따라 걷고, 그 시도를 기억한다.

도시는 사라질 수 있다. 그러나 그 도시에 깃든 생각은 남는다.

나는 아테네 유적의 잔해 속에서 생각의 씨앗을 본다. 그것은 무너졌지만, 사라지지 않았다.

폐허는 이상을 품은 공간이다.

나는 그 공간 속에서 나의 이상을 되묻는다.

"우리는 무엇을 꿈꾸고, 무엇을 남길 것인가?"

여전히 생존에 대한 갈등과 전쟁의 희생양, 상대적 약자의 아픔을 남겨 놓을 것 같다.

　장벽의 흔적을 따라 걷는다. 장벽은 사라졌지만, 그 기억은 벽에 새겨져 있다. 벽은 말이 없지만, 그 위에는 수많은 이야기가 적혀 있다. 낙서, 그림, 이름…. 모두가 기억의 조각들이다.

　장벽은 분단의 상징이었다. 그러나 지금은 연결의 상징이 되었다. 나는 그 변화 속에서 기억의 힘을 느낀다. 기억은 단절을 넘고, 사람을 잇는다.

통곡의 벽(이스라엘)

　폐허는 사라진 것이 아니라, 남겨진 것이다. 장벽은 무너졌지만, 그 흔적은 남았다. 나는 그 흔적을 따라 걷고, 그 속에서 사람들의 목소리를 듣는다. 자유를 외치던 소리, 이별을 견디던 침묵, 다시 만난 기쁨.

기억은 건축된다. 그것은 물리적인 구조물에 깃들고, 사람들의 마음에 새겨진다. 나는 그 건축물을 바라보며, 기억의 형태를 생각한다. 그것은 단단하지 않지만, 오래 남는다.

폐허는 기억의 집이다. 나는 그 집을 방문하며, 과거를 되짚는다. 그리고 그 속에서 미래를 상상한다.

자연과 인간, 그리고 문명(지적 성찰)

탄생과 소멸에 관하여 잡초, 잔돌은 설명되지 않는 신비를 품고 있다.

그들은 자랐고, 그것으로 충분했다.

인간은 자연에 관하여 해설을 자청했다.

왜 자라는가?

어디서 자라는가?

어떻게 자라는가?

나는 그 질문들 속에서 자연의 오묘함과 고요함, 자유로움을 배웠다.

고요함은 자유였고, 자유는 그리움이었다.

자연은 존재했고, 나는 그 존재를 이해하려 했다. 그러나 이해는 때로 존재를 방해한다.

시공은 모든 존재를 동등하게 대우한다. 즉 시공은 평등이다.

그리고 거대한 사원은 신을 잊었고, 인간은 신전을 관광한다.

문명은 신을 만들기도 하고, 신을 지우기도 한다.

자연은 침묵하고, 인간은 변명한다.

더 나아가 철옹성과 왕궁의 함정 권력의 구조물은 문명의 폐쇄성과 억압을 상징한다. 민중의 기록은 사라지고, 성은 침묵한다.

성과 왕궁의 높이는 높았고, 성벽은 두꺼웠다.

그러나 그 안에는 민중의 목소리가 없었다. 아픔의 기록은 없었다.

권력은 기록을 남기지만, 진실은 지워진다.

성당과 모스크, 왕궁과 궁전, 그곳에는 다수의 약자인 민중의 흔적이 없다.

문명은 진보가 아니라, 때로는 변명이다.

나는 철옹성 앞에서 문명의 함정을 보았다.

본질(본성)에 반하여 변명을 즐기는 인간

잡초와 돌멩이 잡석은 그 자리에 서 있으면서도 제 역할을 다한다. 하지만 인간은 이유를 만들고 책임을 미룬다.

변명 없는 순간이 가장 자연에 가까운 순간이었다.

자연은 변명하지 않는다. 인간만이 변명을 발명했다.

시간은 강물처럼 흐르지만, 우리는 거울처럼 비춘다.

끝이라 믿은 곳에서, 나는 유시유종(有始有終)의 삶을 배웠다.

잡초는 아무 말 없이 봄을 준비하고, 돌멩이는 제자리를 지킨다.

그러나 인간은 잘못을 설명하기 위해 길고 복잡한 말을 만든다.

철옹성 그 아래에는 피가 흐르고 있었다. 동유럽의 폐허는 민족 청소의 흔적이었다.

그래서 본질(본성)에 대하여 질문을 남기기도 한다.

지배의 제물, 희생양을 소환하다

인간은 문명의 허구를 위하여 제물을 바친다.

그러나 그 제물은 타인의 고통이다.

나는 제물과 희생양 사이에서 인간의, 자연의 평등성·동일성을 묻는다.

문명은 진보가 아니라, 때로는 침묵의 공범이다.

잡초, 잔돌의 존재성과 역할

잡초와 잔돌조차 제자리에 서서 제 몫을 한다. 그러나 인간
은 끝까지 이유를 찾고 책임을 회피한다. 그 변명을 내려놓는
순간, 비로소 우리는 자연에 가까워진다.

침묵은 때때로 변명보다 깊은 대답이다.

풍경의 언어로 문명을 묻다

백두대간의 능선에서 시작된 우리의 여정은 히말라야의 침
묵, 파타고니아의 바람, 실크로드의 먼지, 시베리아의 고요, 아
프리카의 태양 아래까지 이어졌다. 두 바퀴의 지구 순례 속에
서 우리는 '길'이라는 존재론적 공간을 걷고, '풍경'이라는 언어
로 세계를 읽었다.

여행은 단순한 이동이 아니었다. 그것은 시간의 지층을 걷는
일이었다. 고대의 흔적이 켜켜이 쌓인 도시의 폐허, 사라진 문
명의 잔해, 그리고 여전히 살아 숨 쉬는 자연의 결을 따라 우리
는 묻고 또 물었다.

문명은 왜 실패하는가?

인간은 무엇을 남기고, 무엇을 잊는가?

우리는 풍경 속에서 문명의 자화상을 보았다. '개발'이라는

이름의 파괴, '편리함'이라는 명분의 고립, 그리고 '진보'라는 환상의 그림자.

그러나 그 속에서도 우리는 희망의 씨앗을 발견했다. 바람에 흔들리는 풀 한 포기, 아이의 웃음소리, 낯선 이의 친절한 눈빛 속에서 문명의 본질은 다시 태어났다.

우리가 걸어온 길의 이야기이며, 그 길 위에서 만난 세계의 질문들이다.

풍경은 말이 없지만, 그 침묵은 가장 깊은 언어였다.

우리는 그 언어를 듣고자 했고, 그 언어로 삶을 다시 써 내려가고 있다.

지금 그 풍경의 언어를 조심스레 건넨다. 어쩌면 당신도, 이미 마음속 어딘가에서 길을 걷고 있을지도 모르니까.

3장 /
금기(금언) 문화와 그림자

성바실리 성당(러시아 모스크바)

"문화는 아름답지만,
때로는 낯설고 불편하다."

사회적 혹은 개인적으로 형성된 금기의 역사는 의미 그대로 넘지 말아야 할 견고한 벽이 되기도 한다. 집단의 결속력 혹은 정체성을 유지하는 수단이 되기도 하고, 한편으로는 이야기를 흥미롭게 만드는 훌륭한 서사적 요소(기능)가 되기도 했다.

세계 곳곳의 의례는 그 사회의 깊은 무의식을 드러낸다.

결혼식에서 피를 섞는 풍습, 장례식에서 웃는 의식, 성인식에서 고통을 통과하는 통과의례.

이 모든 것은 공동체의 질서를 유지하기 위한 장치이지만, 동시에 개인의 자유를 억압하는 그림자이기도 하다. 여행 중 마주한 금기 문화와 관습이 때로는 곤혹스러울 수가 있다.

금기(taboo)는 보호이자 억압이다. 어떤 문화에서는 왼손으로 식사하는 것이 금기이고, 어떤 곳에서는 여성의 웃음이 금기다. 그러나 그 금기는 시대에 따라 반전된다. 금기란 결국, 권력의 언어다.

금기를 깨는 것은 단순한 반항이 아니다. 그것은 현실을 직면하는 용기다. 금기를 깨는 데는 새로운 질서를 요구되며, 그

조건은 공동체의 재해석이다.

문화는 빛이지만, 그 빛이 강할수록 그림자는 짙어진다.

억압은 그 그림자 속에서 자란다.

나는 그 억압을 마주하며, 나의 내면에 숨겨진 금기를 발견했다.

금기는 다수의 안정을 위해 소수의 불편을 감수하게 한다.

그러나 그 불편이 누적되면, 금기는 해체된다.

해체는 혼란이 아니라 진화다.

세상에는 말하지 못하는 것들이 있다. 특이한 결혼·장례·접대 문화, 금기와 금언(prohibition)은 사회의 그림자이며, 억압과 통제의 흔적이다. 금기를 깨는 순간, 우리는 현실을 다시 구성할 수 있다.

어떤 부족은 죽은 자를 나무에 묻고, 어떤 문화는 인사를 침묵으로 대신한다. 우리는 그 낯선 풍습 앞에서 당황했고, 동시에 매혹되었다. 금기는 말하지 않는 규칙이었고, 금언은 말하지 못하는 진실이었다. 문화의 그림자 속에서 다수의 희생이 있었다.

금기의 모순은 현실을 왜곡했고, 금언(prohibition)의 반전은 이상을 가로막았다. 그러나 이상을 현실화하려면, 금기와 금언을 깨는 것부터 시작해야 했다. 우리는 질문했다.

왜 말하지 못하는가? 왜 숨겨야 하는가? 그 질문이 금기를 흔들었다.

독특하고 특이한 금기와 관습의 문화

어떤 문화는 말하지 않는다. 어떤 관습은 묻지 않는다.

그러나 그 침묵 속에서 자유는 틈을 찾는다.

금언은 지혜였지만, 때로는 억압이었다.

금기는 보호였지만, 때로는 감금이었다.

나는 그 틈에서 반전을 보았다.

억압 속에서 피어난 자유, 관습 속에서 태어난 정체성.

문화는 살아 있었다.

그것은 반전의 예술이었다.

금기는 문화를 지키지만, 때론 영혼을 가둔다.

낡은 틀을 깨는 순간, 문명은 다시 숨을 쉰다.

금기는 문화를 지키지만, 때로는 영혼을 가둔다.

특이한 혼례, 성인식, 장례문화, 인사법….

독특한 관습은 정체성을 만들지만, 변화를 가로막기도 한다.

금기를 깨는 순간, 문화는 새로운 호흡을 얻는다.

어떤 땅에서는 웃음 속에 금기가 있었고, 어떤 문화에서는
침묵이 가장 큰 인사였다.

오래된 틀을 깨는 순간, 숨이 트였다.

금기를 깨는 손끝에서 새로운 문화가 숨을 쉰다.

문화는 늘 금기의 경계에서 시작된다.

아프리카 어느 마을에서 결혼식은 춤으로 시작되지만, 신부

는 한 마디도 하지 않았다. 동남아의 장례식에서는 슬픔보다 웃음이 많았다. 금기와 허용의 경계는 문화마다 달랐다.

금기와 관습의 모순, 세계의 독특한 문화와 금기, 금언은 인간의 정체성과 모순을 드러낸다.

이상을 현실화하려면 금기를 깨야 한다.

어떤 문화는 침묵을 강요했고, 어떤 관습은 거짓을 미화했다.

그리고 금기와 금언이 깨지는 순간을 기다린다.

금언은 지혜처럼 보이지만, 때로는 억압이다.

금기와 금언의 이상은 현실을 두드리지만, 금기와 금언은 그 문을 막는다.

진실은 침묵 속에서 반전의 순간을 기다린다.

문화와 금기, 금언의 관습 – 빛과 그림자

인간은 자연성과 신성을 교묘하게 포장한다.

세계의 독특한 문화와 금기, 금언은 인간의 정체성과 모순을 드러낸다.

어떤 문화는 침묵을 강요했고, 어떤 관습은 거짓을 미화했다.

이상과 꿈을 현실화하려면, 악습(금기)은 깨져야 한다.

금기와 금언은 지혜처럼 보이지만, 때로는 억압이다.

진실은 침묵 속에서 반전의 순간을 기다린다.

생활 여행자

자연은 말이 없고, 인간은 끝까지 변명한다. 잡초와 잡석조차도 역할이 있고 존재를 드러내고 있다. 인간은 욕망에 휘둘린다. 그러나 자연은 변명하지 않는다. 오직 인간만이 변명을 발명했다.

말할 수 없는 것들에 대한 영역을 깨는 것은 가능할까?

인류는 오래전부터 '말해서는 안 되는 것'과 '행해서는 안 되는 것'을 구분해 왔다.

금기와 금언은 단순한 규칙이 아니라, 공동체의 정체성과 생존을 지키는 문화적 방어와 보호막이었다. 그러나 오늘날 우리는 묻는다.

이 금기(금언)들은 영원한가?

시대와 문명의 흐름 속에서 되돌릴 수 없는 방향으로 사라지고 있는가?

금기와 금언의 불가역성(不可逆性)은 문명 진화의 방향을 가늠하는 중요한 지표다.

고대 사회에서 금기는 생존과 직결된 규범이었다. 예컨대, 특정 음식이나 성인식에 대한 금기나 금언은 질병 예방이나 혈통 유지의 수단이었다.

종교적 금기는 신과 인간 사이의 경계를 설정하며, 신성함을 유지하는 장치로 작동했다. 예를 들면 유대교의 코서 식단, 힌두교의 소 숭배 등이 그렇다.

현대 문명에서의 금기 해체는 산업화와 정보화 시대 이후, 많은 금기들이 해체되거나 재해석되고 있다. 동성애, 여성의 사회 진출, 종교 비판 등은 과거에는 금기였지만 오늘날에는 표현의 자유와 인권의 영역으로 확장되었다. 하지만 제한적이었다.

SNS와 디지털 미디어 시대는 금기의 경계를 허물고, '말할 수 없던 것들'을 공론의 장으로 끌어올렸다.

그러나 정치적·사회적 올바름과 권력(힘), 즉 이념과 질서에 반한 금기나 금언이 새롭게 등장하기도 한다.

되돌릴 수 없는 언어의 벽은 반문명의 거울이다. 과거에는 "여자는 조용히 있어야 한다"는 식의 금언이 사회적 규범으로 작동했지만, 오늘날에는 성차별적 언어로 간주되어 금기시 되고 있다. 이러한 언어의 유희 변화는 되돌릴 수 없다.

한 번 '문명화된 언어'는 다시 야만으로 돌아갈 수 없기 때문이다. 이는 금기와 금언의 불가역성을 보여주는 대표적 사례다.

문화적 상대성과 금기·금언의 재편으로 관습과 문화마다 다르며, 절대적이지 않다. 예컨대, 서구에서는 누드가 예술로 받아들여지지만, 일부 이슬람 문화권 등에서는 엄격한 금기로 간주된다. 따라서 금기의 불가역성은 보편적이라기보다, 특정 문명 내에서의 방향성을 의미한다.

어떤 문명은 금기를 해체하며 진보하고, 어떤 문명은 금기를 강화하며 보존한다.

금기의 문화와 관습은 문명의 나침반이다

금기와 금언은 단순한 규칙이 아니다. 문명이 자신을 어떻게 정의하고 있는지를 보여주는 나침반이다. 그것이 해체되거나 강화되는 방향은 문명이 어떤 가치와 사상을 중심에 두고 있는 지를 반영한다.

불가역적인 금기(금언)의 해체는 문명이 되돌릴 수 없는 진보의 길을 걷고 있음을 의미한다. 그러나 그 진보가 항상 옳은 방향인지는, 각자가 성찰해야 할 질문이다.

세계 각국의 독특한 문화와 관습(금기, 금언)은 인간의 속성(기회주의와 비굴성)을 적나라하게 나타내 보이고 있다.

어떤 땅에서는 웃음 속에 금기가 있었고, 어떤 문화에서는 침묵이 가장 큰 인사였다. 오래된 틀을 깨는 순간, 숨이 트였다.

금기를 깨는 손끝에서 새로운 문화가 숨을 쉰다.

잡초와 잔돌(잡석)조차 제자리에 서서 제 몫을 한다. 그러나 인간은 끝까지 이유를 찾고 책임을 피한다. 그 변명을 내려놓는 순간, 비로소 우리는 자연에 가까워진다.

침묵은 변명보다 깊은 대답이다. 논리적으로는 답(해명)이 불가능에 가깝다.

실패한 문명과 전통(정통),금기(금언)의 문화(관습) 철학적·문학적 관점에서 접근한다.

인간 존재의 본질, 문명의 진보와 한계, 문화적 관습(전통)과 금기(금언)의 역할을 예술적· 문학적 언어(성찰)로 성찰하고 비판한다.

언어의 유희와 의미의 흔들림 앞에서 논리적 해법은 존재하지 않는다.문명에 대한 탐구는 언제나 불확실한 과정과 예측할 수 없는 결과로 접근해야한다.

문명은 왜 금기의 문턱을 넘지 못하는가?

문명 진화의 그림자

문명의 진보는 인간의 진보인가 퇴보인가?

문명이란 불완전한 인간성을 극복하는 데 있었다.

결과적으로 인간성(불완전성)을 극복하지 못했다.

우리는 발전(진보)의 시대에 살고 있다. 유전자 편집은 생명을 설계하고, 인공지능은 사고를 대체하며, 정보는 빛보다 빠르게 세계를 연결한다.

그러나 눈부신 진보의 이면에는 말해선 안 되는 것들, 건드려선 안 되는 영역들, 즉 관습과 금기의 문화들이 여전히 존재한다.

문명은 기술적으로 성장했지만, 존재론적 성숙에는 실패했다.

금기를 넘지 못한 문명이 어떻게 스스로를 가두고, 결국 실패로 귀결되는지를 철학적·문학적 시선으로 탐색한다.

관습과 금기의 철학

인간은 왜 경계를 만든 존재인가?

관습, 금기와 금언은 단순한 규칙이 아니다. 그것은 인간이 자신의 한계를 인식하고, 그 너머를 두려워하는 방식이다. 고대 사회에서 금기는 신의 영역을 침범하지 않기 위한 방어선이었다.

현대 사회에서도 여전히 금기는 존재한다.

생명을 복제하지 말 것, 신을 모독하지 말 것, 권력을 비판하지 말 것…. 인간이 자신의 창조물에 대한 책임을 회피하기 위하여 만든 질서와 윤리적 장벽이다.

인간은 금기를 권력의 도구로 보았다. 말할 수 없는 것을 규정함으로써, 말할 수 있는 것의 경계를 설정하는 것. 금기는 문명의 언어를 제한하고, 사유의 폭을 좁힌다. 결국 금기를 넘지 못하는 문명은 자기 검열의 감옥에 갇힌 문명이다.

인간의 환상은 신을 닮고 싶어 했다.

신적 인간이 되어 생명을 창조하고, 죽음을 지배하며, 유전자를 설계하고자 했다. 그러나 생명과학의 진보는 '윤리'라는 금기 앞에서 멈춰 섰다. 인간 복제는 금지되었고, 배아 실험은 논란 속에 갇혔다. 기술은 가능하지만, 존재의 의미에 대한 질문은 여전히 미해결 상태다.

이것은 기술의 실패가 아니라, 철학의 부재이다.

인간은 생명을 다룰 수 있는 능력을 얻었지만, 생명을 이해할 수 있는 깊이를 갖추지 못했다. 그래서 문명은 생명을 설계하면서도, 그 설계도를 펴지 못한 채 주저앉는다.

종교적 금기, 신앙과 사유의 충돌

종교는 인간에게 위안을 주었지만, 동시에 사유의 금기를 설정했다. 낙태, 안락사, 성소수자, 생명윤리 등은 종교적 금기와 충돌하며 사회적 갈등을 낳는다. 신앙은 인간의 내면을 풍요롭게 하지만, 절대적 진리로 작동할 때 문명의 다양성과 포용성을 훼손한다.

도스토예프스키는 "신이 없다면 모든 것이 허용된다."라고 말했지만, 현대 문명은 "신이 있기 때문에 많은 것이 금지된다."는 역설 속에 있다.

종교는 인간의 도덕을 지키려 하지만, 때로는 도덕을 고정된 틀로 만들며 문명의 유연성을 잃게 한다.

정치적 이념적 금기

정치는 평등, 자유를 말하면서 침묵 강요와 비판(비평)을 금기시한다.

정치적 금기는 가장 은밀하고 강력하다. 권위주의 국가에서는 체제 비판이 금기이며, 민주주의 국가에서도 특정 이념이나 피지배 역사 해석은 금기시 된다. 표현의 자유는 확대되었지만, 불편한 진실을 말하는 자는 여전히 침묵을 강요받는다.

문명은 자유를 외치면서도 자유를 통제하는 구조를 내면화한다. 이는 정치적 실패가 아니라, 문명 자체의 자기모순이다. 자유는 허용되지만, 그 자유가 권력의 경계를 넘을 때 금기가 작동한다. 결국 문명은 자유를 말하면서 자유를 억압하는 이중적 존재가 된다.

다원화, 정보화의 시대적 금기

정보화 시대는 인간을 연결시켰지만, 동시에 감시와 통제의 시대를 열었다. 개인정보 침해, 사이버 폭력, 디지털 중독은 새로운 금기를 낳았다.

기술은 인간을 돕는 듯하지만, 실제로는 인간을 분리시키고, 고립시키는 도구가 되었다. 우리는 모든 것을 알고 있지만, 아무것도 느끼지 못하는 시대에 살고 있다.

정보는 넘쳐나지만, 진실은 흐려지고, 인간성은 희미해진다.

그리고 문명은 기술적으로 성공했다. 존재론적으로 실패했다.

결과적으로 금기(금언)을 넘지 못한 잘못 선택한 문명은 실패한다.

문명은 기술적으로 진보했지만, 윤리적·이념적 금기(금언)를 넘지 못함으로써 스스로를 제한하고 있다. 진정한 문명의 성공은 금기를 파괴하는 데 있는 것이 아니라, 금기(금언)를 성찰하고, 인간의 존엄과 자유를 확장하는 방식으로 극복(접근)하는 데 있다.

금기는 인간의 두려움이 만든 경계다. 그 경계를 넘지 못하는 문명은 결국 자기 자신을 이해하지 못한 문명이다. 잘못 선택한 실패한 문명은 금기를 두려워했다. 성공하는 문명은 그것을 사유하고, 극복하여 넘어서는 것이다.

불완전한 실제 존재론적(경험적) 사유(思惟)로는 거의 불가능에 가깝다. 불확실한 관념과 철학적(선험적) 사유(思惟)로만 접근 가능하다.

세상의 독특하고 특이한 문화와 관습 이야기

✳결혼(성인식) 문화

스코틀랜드 : 신랑·신부에게 음식물 쓰레기를 뿌리는 'Blackening' 풍습.

독일의 폴터 아벤트 풍습.

인도 : 결혼식 전 신랑이 신부 가족에게 시험을 받는 '장벽 넘기' 의식.

피지 : 청혼 시 고래 이빨을 선물함(사랑과 존경의 상징).

중국 : 신부가 결혼 전 한 달간 매일 울어야 하는 '의례적 슬픔' 풍습.

케냐 마사이족 : 아버지가 딸의 머리에 침을 뱉으며 축복.

브라질 아마존 사타레 마웨족 : 독침 개미 장갑을 끼고 고통을 견디는 의식.

일본 : 성년의 날에 전통 복장을 입고 지역 행사에 참여.

남아프리카 줄루족 : 소년이 황소를 단검으로 쓰러뜨려야 성인으로 인정.

한국 : 향수·장미·키스를 상징으로 성년을 축하.

미국 : 브라이덜 샤워 풍속.

극지 : 북극, 사막, 고산 지역의 일부 원주민 사회의 아내 공유, 가족 간 결혼 관습 문화는 생존과 종족 보존을 위한 사회적 풍습. 대부분 현대적 결혼관으로 대체

＊**장례(매장) 문화**

티베트 : 시신을 독수리에게 맡기는 '하늘 장례(천장)'.

가나 : 고인의 직업을 반영한 맞춤형 테마 관 사용.

뉴올리언스 : 재즈 음악과 춤으로 장례를 축제처럼 치름.

＊**접대(인사) 문화**

뉴질랜드 마오리족 : 코와 이마를 맞대는 '홍이' 인사.

태국 : 손을 모아 얼굴 앞에 대고 고개 숙이는 '와이' 인사.

사우디아라비아 : 손등에 키스를 하며 존경 표현.

티베트 : 혀를 내밀어 보이는 인사법.

＊**의식주 문화**

몽골 : 이동식 천막 '게르'에서 생활.

에티오피아 : 손님을 위한 '커피 의식'은 접대의 정점.

베트남 : 물 위에 떠 있는 집에서 생활하며 자연과 공존.

시베리아 알래스카 에스키모 이글루(얼음 집 : 날고기 먹는 사람)

세계 각국의 특이한 결혼(성인식), 장례, 접대(인사), 의식주 등 문화와 관습은 단순한 제도나 의례가 아니다. 그것은 타인의 삶을 내 삶에 받아들이는 사회 존재론적 결단이다.

스코틀랜드의 'Blackening(블랙크닝)'처럼, 결혼 전에 신랑·신부가 온갖 더러움을 뒤집어쓰는 의식은 결혼이 단순한 축복이

생활 여행자

아니라, 고난과 인내의 시작임을 상징한다.

중국의 '의례적 슬픔'은 결혼이 기쁨만이 아닌, 가족과의 이별, 정체성의 전환이라는 복합적 감정을 담고 있다.

문학적으로 문화와 관습은 종종 자아(자기) 해체와 재구성으로 그려진다.

"고통을 통과한 자만이 인간이다"

브라질의 사타레 마웨족 소년은 독침 개미가 가득한 장갑을 끼고 수십 분간 고통을 견뎌야 한다. 이는 단순한 통과의례가 아니라, 고통을 통해 자아를 증명하는 철학적 실천이다.

성인이 된다는 것은 단순히 나이를 먹는 것이 아니라, 고통을 인식하고 그것을 내면화하는 능력을 갖는 것이다.

문학적으로 성인식은 '영웅의 탄생'처럼, 죽음과 재탄생의 상징적 과정이다.

일본의 성년의 날처럼 조용하고 우아한 방식도, 내면의 책임과 사회적 정체성을 받아들이는 침묵의 선언이다.

문화(관습)은 단순한 문화적 이벤트가 아니라 존재의 전환점이며, 인간이 사회와 세계 속에서 자신을 새롭게 정의하는 의식이다. 인간 존재의 서사적 전환점이다.

인간이 자기 자신을 정의하고, 타인과 세계 속에서 위치를 정립하는 과정이다.

인간은 왜 의식(문화, 관습)을 통과해야 하는가?

인간은 단순히 생물학적 존재로 태어나지만, 사회적 존재로 인정받기 위해서는 의례적 통과를 거쳐야 한다.

세계 각지의 독특한 사례를 통해, 인간이 어떻게 고통과 사랑을 통해 자아를 확장하고 공동체에 편입되는지를 탐색한다.

고통을 통과한 자만이 인간이다. 자아 해체이자 재구성이다.

나는 더 이상 '나'로 존재하지 않고, '우리'로 존재한다.

타자의 얼굴 앞에서 나는 윤리적 존재가 된다.

타인을 의식(경계)하는 문화

문화 관습이라는 경계를 넘기 위해 인간은 관습 의식을 치른다.

의식은 단순한 전통이 아니라, 존재의 구조를 재편하는 장치다.

관습 의례는 동시에 자유의 가능성을 여는 문이기도 하다. 인간은 의식을 통해 자신을 새롭게 정의하고, 세계 속에서 자신의 위치를 재설정한다.

결론은 문화의식을 통과한 인간만이 세계를 이해한다.

그것은 단순한 문화가 아니라, 존재의 선언이다. 고통을 견디고, 타인을 받아들이는 행위는 인간을 인간답게 만든다.

문화는 인간이 자신을 낳는 방식이며, 문명은 그 문화를 통해 자아와 공동체를 연결하는 언어를 만들어낸다.

 생활 여행자

인간은 문화 관습을 통과함으로써 세계를 이해하고, 자신을 이해한다. 그리고 그 이해는 사랑과 고통이라는 두 축 위에서 완성된다. 자본주의(빛과 그림자: 악의꽃)도 같은 성질의 통과의 레 문화이다.

문화(관습)의 상대성에 근거하여 각자의 문화를 존중해 주고 환경적 객관적 입장에서 바라보며 성찰해야 한다.

지배(힘), 세대별, 성별, 국가(지역), 빈부 등 잘못 선택한 실패한 문명의 갈등도 지구촌 문화와 관습 '통과의례'와 같다.

람세스 3세 장제전 열주 부도(이집트)

피라미드와 스핑크스(이집트 카이로)

 생활 여행자

잘못 선택한 문명- 문명은 허구인가?

"문명은 갈등(명암)을 낳았다.
침묵이 가장 깊은 기록이다."

생활 여행자

"문명은 왜
잘못된 선택을 하는가?"

피지배자의 기록과 민중사관 부재

문명의 기록은 늘 지배자의 시선으로 쓰인다.

피지배자의 목소리는 지워지고, 민중의 삶은 주변부로 밀려난다.

나는 그 공백 속에서 질문한다.

"누가 역사를 쓰는가?"

문명은 경쟁을 미화하고, 복종을 '질서'라 부른다. 약한 자는 도태되고, 강한 자는 신격화된다. 그러나 그 질서는 결국 파괴를 낳는다.

조직은 효율을 추구하고, 개인은 의미를 추구한다. 그 긴장은 문명의 구조 속에서 끊임없이 충돌한다. 나는 그 틈에서 나의 자리를 묻는다.

문명은 권력자 중심으로 설계된다. 피라미드 구조는 위로 좁아지고, 아래로 넓어진다. 그 구조 속에서 나는 위를 바라보며, 아래를 느낀다.

문명은 왜 실패하는가? 문명은 욕망을 통제하지 못할 때 실패한다. 기술은 발전하지만, 윤리는 퇴보한다. 나는 그 실패 속에서 새로운 문명의 가능성을 상상한다.

문명은 종종 권력의 이름으로 실패한다. 피지배자의 기록은 지워지고, 민중의 목소리는 침묵당한다. 법과 제도는 경직되고, 조직은 개인을 억압한다. 문명의 함정은 권력의 구조 속에 있다.

조직과 개인의 긴장은 문명의 실패를 예고했다.

앙코르와트의 뿌리들은 신전을 삼켰고, 마야의 피라미드는 침묵을 새겼다. 우리는 그 돌담 앞에서 묵상했다. 문명은 승자의 기록이었다. 패자의 시간은 다르게 흘렀고, 민중의 목소리는 들리지 않았다.

법과 제도는 경직되었고, 유연하지 않았다.

조직은 개인을 삼켰고, 지시와 복종 사이에서 인간은 사라졌다.

우리는 질문했다. 문명은 왜 실패하는가?

그 답은 지배 권력의 구조 속에 있었다.

경계 너머 문명의 그림자

종이 한 장의 역설(새로운 신분제)~각종 자격증.

문명은 편리함을 주었지만, 동시에 함정을 만들었다. 그 함정

생활 여행자

은 욕망의 덫이었고, 나는 그 덫에 걸렸다.

문명이 만든 허구 속에서 나는 길을 잃었다.

진짜 나를 찾기 위해서 나는 허구를 걷어내야 했다.

역사 속 민중은 지워졌고, 나는 그 지워진 자리에 나를 새겼다.

이념은 거창했고, 구성원은 작았다. 거품은 터졌고, 희생은 남았다. 나는 그 잔해 속에서 질문을 던졌다.

문명은 구조를 만들었고, 구조는 차별을 낳았다.

나는 그 구조를 걷고, 그 틈에서 평등을 꿈꿨다.

도시는 빛난다.

유리창 너머로 흐르는 불빛, 자동문의 부드러운 입맞춤, 정돈된 거리와 반듯한 간판들.

문명은 여행자에게 속삭인다.

"안심하라, 너는 보호받고 있다."

그러나 그 속삭임은 누군가의 침묵 위에 세워진다.

공항의 새벽을 닦는 손, 리조트 뒤편 마을의 마른 수도꼭지, 철거된 시장의 잊힌 이름들. 문명은 풍경을 꾸미고, 그 풍경은 기억을 지운다.

나는 길을 걷는다.

낯선 도시의 골목에서 화려한 건물 뒤편의 그림자를 본다.

그곳엔 문명이 감춘 얼굴이 있다.

'효율'이라는 이름의 해고, '개발'이라는 이름의 추방, '보호'라는 이름의 감시. 여행은 나를 이동시켰지만, 그 이동은 누군가의 정지 위에 있었다. 나는 묻는다.

"이 문명은 누구를 위한 것인가?"

그 질문은 가방에 넣어 돌아오고, 일상 속에서 다시 꺼내진다.

문명은 달콤하다.

그러나 그 달콤함은 쓴맛을 감추는 설탕일지도 모른다.

나는 그 맛을 기억하려 한다.

길 위에서 본 그림자를, 풍경 너머의 진실을.

끝나지 않은 문명

문명은 끝나지 않는다. 폐허가 된 도시의 돌무더기 속에서도, 사라진 언어의 흔적 속에서도 문명은 여전히 살아 숨 쉰다. 여행자는 그 흔적을 따라 걷는다. 낡은 성벽에 손을 얹고, 무너진 신전의 기둥 사이를 지나며, 그는 묻는다.

"이곳은 왜 이렇게 되었을까?"

"무엇이 이들을 떠나게 했을까?"

질문은 문명의 잔해를 깨운다. 질문이 있는 곳에 문명은 다시 시작된다.

끝나지 않은 문명은 과거의 유산만을 뜻하지 않는다. 그것은 현재를 살아가는 우리 안에 내재된 질문의 힘이다. 우리는 끊

    생활 여행자

임없이 묻는다.

"어떻게 살아야 하는가?"

"무엇이 인간을 인간답게 만드는가?"

이러한 질문은 문명을 지속시키는 원동력이다. 기술이 발전하고 도시가 확장되어도, 문명의 본질은 질문하는 인간의 존재에서 비롯된다.

여행자는 그 질문을 품고 길을 나선다. 낯선 땅에서 만난 사람들, 익숙하지 않은 풍경, 이해할 수 없는 관습 속에서 그는 문명의 또 다른 얼굴을 마주한다. 그리고 깨닫는다. 문명은 하나의 형태로 존재하지 않는다. 그것은 수많은 삶의 방식과 사유의 흔적들로 구성된 거대한 이야기다. 그 이야기는 끝나지 않는다. 질문이 남아 있는 한, 삶은 계속되고, 문명은 다시 쓰인다.

모래바다 데드블레이(아프리카 나미비아)

 생활 여행자

5장 /
산 자와 죽은 자의 만남

"질문이 남아 있는 한,
삶의 여정은 계속된다."

산 자와 죽은 자

죽음은 끝이 아니라, 또 다른 차원의 시작이다.

산 자는 말하고, 죽은 자는 침묵한다. 그러나 그 침묵은 가장 깊은 언어다. 나는 우주와 생명 속에서 죽은 자의 흔적을 읽고, 살아 있는 나를 되묻는다.

우주 자연의 경계에서 서로 마주하며 존재성을 묻다.

산자는 변화 속의 존재이며, 죽은 자는 기억 속의 존재이다.

'죽은 자, 너는 정지해 있구나!'

아무 말도 하지 않는 얼굴. 그런데 이상해. 너의 침묵 속에서 나는 내 목소리를 듣는다.

죽은 자는 사라졌지만, 사라지지 않았다. 너의 눈동자 속에 내가 있다. 너는 나를 잊지 못하고, 나는 너를 떠나지 못한다.

산 자는 매일 자화상을 그린다. 변하는 얼굴, 흔들리는 감정, 시간 속의 나.

그런데 죽은 자, 너의 자화상은 고요이다. 그것은 완성된 것인가?

완성이라기보다 응축된 것이다. 내 자화상은 기억 속에서 다시 그려진다.

너의 손이 떨릴 때, 너의 눈물이 흐를 때, 나는 다시 살아난다.

산 자는 살아있기에, 너를 두려워한다.

죽음은 끝이라고 배웠으니까. 죽음은 끝이 아니라 방향이다. 너는 앞으로 나아가고, 나는 뒤로 물러난다.

우리는 같은 길(궤도) 위에 있다. 단지, 서로 다른 방향으로 흐를 뿐이다.

우주는 우리를 어떻게 볼까?

살아 있는 나와 죽은 너를 구분할 수 있을까?

우주는 구분하지 않는다 .

별은 태어나고, 죽고, 다시 태어나는가?

너는 별의 숨결이고, 나는 별의 기억이다.

우리는 모두 우주의 자화상이다. 또한 실패한 문명의 자화상이기도하다.

산 자와 죽은 자. 너와의 대화는 나를 바꾼다.

나는 이제 죽음을 두려워하지 않는다.

그것은 또 다른 자화상의 시작이니까.

죽은 자, 그리고 산 자. 나는 너를 기다린다.

너의 자화상이 완성될 때, 우리는 다시 하나가 될 것이다.

문명은 끝났지만, 사유는 끝나지 않았다. 나는 폐허 속에서 질문을 시작한다. 질문은 사유의 불씨다.

여행자는 본다. 그러나 보는 것보다 묻는 것이 더 중요하다.

질문은 풍경을 넘어서 존재를 흔든다.

기억은 남고, 망각은 흐른다.

나는 그 사이에서 사유한다. 잊지 않기 위해 묻는다.

문명의 잔해 속에서 과거를 소환한다. 나는 그 잔해 속에서 나의 미래를 상상한다. 소환은 회상이 아니라 재구성이다.

인간은 질문한다. 그 질문이 존재를 증명한다. 나는 묻는다.

"나는 누구인가?"

"문명은 어디로 가는가?"

그 질문이 남아 있는 한, 여행은 끝나지 않는다.

질문은 끝이 아니라 시작이다. 문명의 잔해 속에서, 우리는 질문을 던진다. 유적은 무엇을 말하는가? 질문하는 존재로서의 인간은, 사유를 멈추지 않는다.

우리는 폐허 앞에서 멈추지 않았다. 오히려 그곳에서 질문을 시작했다. 여행은 흔적을 남기지만, 더 중요한 것은 질문을 남긴다는 것이다.

유적은 말하지 않지만, 우리는 그 침묵 속에서 물었다.

"폐허는 끝인가, 시작인가?"

"문명은 왜 반복되는가?"

"우리는 무엇을 기억하고, 무엇을 잊는가?"

질문이 남아 있는 한, 우리는 시작할 수 있다.

     생활 여행자

문명의 잔해 속에서, 인간은 질문하는 존재로 다시 태어난다.

잘못 선택한 문명에 대한 질문은 끝나지 않는다.

여행이 끝나도, 질문은 남는다.

나는 길 위에서 묻고, 폐허 앞에서 되묻고, 문명 속에서 흔들렸다.

그 질문들의 기억이다.

답은 중요하지 않다.

중요한 것은 묻는 일이다.

여행이 '발견'이라면, 문명단상(지적 대화)은 '반성'이다.

붕괴한 문명 속에서 인간의 본질을 성찰한다.

문명은 우리를 비춘다.

그러나 그 거울은 왜곡되어 있다.

잘못 선택한 문명은 허구다

기술은 발전했다. 우리는 더 빠르게 연결되고, 더 많은 것을 알고 있다. 그러나 나는 묻는다.

"우리는 더 나은가?"

"문명은 스스로를 묻고 있는가?"

나는 문명의 도구를 이용하고, 도시의 빌딩 숲을 걸으며 그 질문을 품는다.

"우리는 편리함을 얻었지만, 무엇을 잃었는가?"

"우리는 연결되었지만, 정말로 가까운가?"

문명은 질문을 잊는다. 그것은 효율을 추구하고, 속도를 중시한다.

그러나 나는 그 속도 속에서 멈춰 서고 싶다. 그리고 묻고 싶다.

"우리는 무엇 때문에 어디로 어떻게 가고 있는가?"

질문은 문명의 양심이다. 나는 그 양심을 되살리고 싶다. 문명의 기술은 편리함의 도구일 뿐이다. 중요한 것은 그것을 사용하는 사람의 질문이다.

나는 문명 속에서 질문을 품고 걷는다. 그리고 대답은 없지만 그 질문이 나를 인간답게 만든다.

실패한 문명에 대하여 여행이 끝났다고 생각했을 때, 나는 다시 묻는다.

짐을 풀고 일상으로 돌아왔지만, 질문은 여전히 남아 있다. 그것은 나를 다시 흔든다.

그것은 여행보다 오래 남는다. 나는 그 질문을 품고, 다시 일상을 걷는다. 그리고 그 속에서 또 다른 여행을 시작한다.

우리는 묻고, 답하고, 다시 묻는다. 그 반복 속에서 우리는 살아간다.

나는 그 변화를 느끼며 다시 길을 꿈꾼다.

끝나지 않은 질문은 끝나지 않은 삶이다.

문명은 허구가 아니길 바란다. 나는 그 질문과 함께 살아간다.

기억의 소환과 묻고 답하기

문명의 폐허 앞에 서면, 나는 묻는다.

"우리는 무엇을 잊었는가?"

"기억은 왜 사라지는가?"

나는 로마의 유적을 걷고, 철옹성의 성채 벽을 만지며 그 질문을 되새긴다.

기억은 폐허나 구조물에 남기도 하고, 사람의 마음에 남기도 한다. 나는 그 둘 사이에서 흔들린다. 어떤 기억은 오래 남고, 어떤 기억은 쉽게 사라진다.

우리는 무엇을 기억하고, 무엇을 잊는가?

대화는 기억을 되살린다. 나는 현지인과 이야기를 나누며, 그들의 기억을 듣는다. 전쟁, 이별, 재건. 잔해… 그 이야기들은 모두 질문을 품고 있다.

"우리는 왜 싸웠는가?"

"우리는 어떻게 다시 만났는가?"

기억은 대화 속에서 살아난다. 나는 그 대화를 통해 과거를 이해하고, 현재를 바라본다. 그리고 그 속에서 미래를 상상한다.

질문은 기억을 깨운다. 나는 그 질문을 품고, 잔해를 떠난다.

그리고 그 기억은 나의 조각들과 함께 남았다.

여행은 기억을 만들고, 망각을 시험한다.

우리가 지나온 길, 마주한 얼굴, 들었던 이야기들은 모두 기억 속에 저장된다. 그러나 그 기억은 언제나 완전하지 않다.

시간은 기억을 흐리게 하고, 감정은 기억을 왜곡한다.

여행자는 그 틈새를 걷는다. 기억과 망각 사이, 산 자와 죽은 자 사이 그 불완전한 경계에서 삶의 진실을 찾는다.

어떤 풍경은 오래도록 남는다. 어떤 순간은 금세 사라진다.

우리는 무엇을 기억하고, 무엇을 잊는가. 그 선택은 의식적이기도 하고, 무의식적이기도 하다. 여행자는 사진을 찍고, 일기를 쓰며 기억을 붙잡으려 하지만, 결국 남는 것은 감각의 흔적이다.

바람의 냄새, 낯선 언어의 울림, 골목의 그림자 같은 것들.

망각은 잔인하지만, 때로는 자비롭다. 고통스러운 기억을 지워 주고, 새로운 경험을 받아들일 공간을 마련해 준다. 기억은 우리를 규정하지만, 망각은 우리를 자유롭게 한다. 여행자는 그 사이에서 균형을 찾는다. 기억에 머무르지 않고, 망각에 휩쓸리지 않으며, 그 사이의 사유를 통해 자신을 다시 구성한다.

기억과 망각의 틈새는 인간 존재의 본질을 드러낸다. 우리는 기억을 통해 정체성을 만들고, 망각을 통해 변화한다. 여행은 그 과정을 가속화한다. 낯선 곳에서 우리는 더 많이 기억하고, 더 빨리 잊는다. 그리고 그 틈새에서 우리는 더 깊이 생각하게 된다.

질문이 남아 있는 한, 그 사유는 계속된다.

 생활 여행자

시공의 은유

산 자와 죽은 자의 대화는 시공(시간과 공간)의 본질을 묻는다.

시간은 실체가 아니라 변화의 강물, 역사의 흐름 속에서만 빛난다.

같은 시간은 공존할 수 있지만, 같은 공간은 공존할 수 없다.

시간은 우리를 함께 묶고, 공간은 우리를 갈라놓는다.

그 대비 속에서 우리는 덧없음과 연속성을 동시에 깨닫는다.

결국 현대인의 내면을 비추는 거울이었다.

고시를 소환하다

청산가(靑山歌)

우주(하늘)은

나더러 말없이 살다가

구름처럼 바람처럼 가란다.

자연(청산)은

나더러 티 없이 살다가

사랑도, 미움도, 성냄도, 탐욕도 다 내려놓고 가라네.

"떠남과 돌아옴 틈새에서, 나는 다시 걷는다."

다시, 길 위에서

자연은 늘 그 자리에 있었다. 나는 그 곁을 맴돈다.

길은 끝나지 않았다. 나는 다시 틈새에서 시작한다.

걷는다는 것은 질문을 품는 일이다.

숨결은 눈에 보이지 않지만, 모든 존재의 증명이다.

여행은 늘 끝나는 듯 보이지만, 사실은 그 끝에서 또 다른 시작을 준비하고 있었다. 걸어온 길을 돌아보면, 목적지보다 길 위에서 마주한 순간들이 더 깊게 남는다.

정상에서 본 풍경, 강가에 내려앉은 저녁 빛, 낯선 땅의 웃음소리와 침묵까지⋯. 그 모든 장면은 내 안에서 여전히 살아 움직인다.

우리가 걸었던 길은 완성형이 아니다. 앞으로도 계속 수정되고, 이어지고, 때로는 사라질 것이다. 그러나 하나만은 분명하다. 여행은 목적지가 아니라, 살아가는 방식이라는 것이다.

이 책을 덮는 당신의 손끝에도 그 감각이 전해지길 바라며, 나는 다시 짐을 챙기고 길 위에 선다.

다음 목적지는 아직 정하지 않았다. 그것이야말로 여행이 주는 가장 큰 선물이다.

다시 걷기 시작하는 당신은 지금 어디쯤을 걷고 있는가? 길을 잃었다고 느낄 수도 있고, 어디로 가야 할지 모를 수도 있다. 하지만 괜찮다. 길은 늘 당신 곁에 있고, 당신이 걷는 순간부터 그 길은 또다시 새롭게 의미를 갖는다.

그리고 언제일까? 당신의 길 위에서 우리가 마주하기를….

틈새, 떠남과 돌아옴

처음 떠날 때, 나는 세상을 보러 간다고 생각했다.

지도 위의 낯선 이름들, 사진 속의 푸른 바다와 황금빛 사막,

해질녘의 귀로

그 모든 풍경이 나를 부르고 있었다.

짐을 싸며 설렘과 두려움을 함께 넣었고, 비행기 창밖으로 사라지는 도시를 보며 나는 '나'를 떠나고 있었다.

그리고 낯선 수많은 나라를 지나고, 낯선 언어 속에서 길을 묻고, 낯선 음식에 익숙해지고, 낯선 사람들과 웃고, 나는 조금씩 낯선 '나'를 다시 만나기 시작했다.

돌아오는 길은 조용했다.

공항의 익숙한 냄새, 지하철의 붐빔, 편의점의 불빛까지도 이제는 낯설게 느껴졌다. 하지만 나는 안다. 이제 이 익숙함 속에서도 낯선 시선으로 세상을 바라볼 수 있다는 걸.

떠남은 끝이 아니었고, 돌아옴은 시작이었다. 세계는 넓었고, 나는 그 안에서 더 넓어졌다.

이제, 나의 일상도 하나의 여행임을 깨닫는다.

세상 어디쯤을 걷는다는 것

길은 끝나지 않았다.

백두대간의 능선에서 시작된 발걸음은 히말라야의 침묵을 지나, 파타고니아의 바람을 품고, 실크로드의 먼지를 따라 흘렀다. 시베리아의 고요와 아프리카의 태양 아래에서 우리는 문명의 잔해를 밟으며 인간이라는 존재의 흔적을 되짚었다.

그 여정은 하나의 회전 무대였다.

시간은 무대의 조명처럼 켜졌다 꺼지고, 공간은 장면처럼 바뀌었다. 우리는 그 무대 위에서 걷고, 멈추고, 다시 걷는 존재였다.

풍경은 언어가 되었고, 침묵은 질문이 되었다. 그리고 그 질문은 우리를 더 깊은 사유로 이끌었다.

우주 어디쯤, 세상 어디쯤에서 우리는 걷고 있었을까?

어쩌면 그 답은 발걸음이 닿은 곳이 아니라, 발걸음 사이의 고요 속에 있었는지도 모른다.

우리는 길 위에서 문명의 그림자를 보았고, 그 그림자 너머의 빛을 찾았다.

그 빛은 사람의 눈빛이었고, 바람의 속삭임이었고, 낯선 땅에서 마주한 우리의 또 다른 얼굴이었다. 우리는 시간의 지층을 지나며 풍경의 언어로 문명을 묻고, 경계 너머로 인간을 다시 바라보았다.

침묵은 말이 되었고, 폐허는 질문이 되었으며, 낯선 세계는 우리를 더 낯설게 만들었다. 하지만 우리는 안다.

다음 장면은 이미 시작되고 있다는 것을, 다음 길은 이미 마음속에서 자라고 있다는 것을⋯. 걷는다는 것은 살아 있다는 것이고, 살아 있다는 것은 계속 걷는다는 것이다.

우주의 숨결 따라 삶을 걷다

나는 지구를 두 바퀴 돌았다.

거대한 대륙의 숨결을 지나고, 작은 골목의 속삭임에 귀 기울이며, 시간과 공간의 결을 따라 천천히 걸었다.

누군가는 그것을 '여행'이라 부르겠지만, 나는 그것을 '살아낸다'고 말하고 싶다. 생활 속에서 떠나고, 떠남 속에서 다시 일상을 품으며 나는 생활 여행자가 되었다.

우주 어디쯤, 세상 어디쯤 나의 발걸음은 지금도 회전 무대 위를 걷는다.

그 길 위에서 가장 소중했던 것은 화려한 풍경도, 낯선 언어도 아닌 바로 나의 몸, 그리고 나의 마음이었다.

지치지 않도록, 무너지지 않도록, 나는 나를 돌보는 법을 배웠다.

햇살 한 줌에 웃고, 바람 한 줄기에 위로받으며 나는 조금씩 단단해지고, 부드러워졌다.

이제 나는 안다. 행복은 멀리 있지 않다는 것을. 지금 이 순간, 내가 걷고 있는 이 자리에서 건강한 몸과 마음으로, 삶은 언제나 여행이 된다.

그러니 오늘도 나는 걷는다.

우주의 숨결 따라, 나만의 리듬으로. 지구를 또 한 바퀴, 나를 더 깊이 만나기 위하여.

당신의 발걸음이 닿은 이 순간에, 우리의 여정과 잠시 마주쳤다.

당신의 삶도 여행처럼, 아름답고 단단하게 흐르기를.

길은 끝나지 않는다.

떠남은 돌아옴을 품고 있고, 돌아옴은 다시 떠남을 부른다.

나는 그 순환 속에서 나를 되새긴다.

문명의 잔해 속에서 질문을 던졌고, 자연의 침묵 속에서 대답을 들었다.

그 대답은 말이 아니라, 몸과 마음의 울림이었다.

나는 걷는 자다.

걷는다는 것은 살아 있다는 증거이며, 질문하는 존재로서의 선언이다.

이제 나는 다시 길 위에 선다.

건강한 몸과 마음으로 틈새의 숨결을 따라 풍경 속 낯선 나를 향해, 또 다른 여정을 시작한다.

여행 필요충분조건 돌아봄?

생활 여행의 필요(충분)조건은 사람마다 조금씩 불편하게 다르다.

하지만 공통점은 대동소이하다.

여행자의 건강, 돈(경제력), 시간은 3대 필수 조건, 열정은 4대

충분조건인 것 같다.

그러나 때로는 충분조건(열정)이 필수조건(건강, 돈, 시간)을 뛰어넘는다.

회전무대 생활 여행자가 되어 은유한다.

지구 두 바퀴, 끝날 것 같지 않은 길 위에서 나는 삶(여행)을 배웠다.

여행은 단순한 이동이 아니라, 나를 비추는 거울이었다.

낯선 풍경 속에서 익숙한 나를 발견했다.

익숙한 일상 속에서 낯선 나를 깨달았다.

삶은 결국 여행이고, 여행은 곧 삶이었다.

끝이 없다는 것을, 시작만이 있다는 것을, 그리고 다시 길 위에 선다.

삶(여행)의 길은 끝없이 이어진다.

시간이 강물처럼 자유로움 열고,

돈이 문을 여는 바람 되며,

건강이 발걸음을 지탱하고,

열정이 불씨가 되어 낯선 나를 이끌었다.

사람마다 필요충분조건의 무게는 다르다.

누군가는 시간을 갈망하고,

누군가는 건강을 붙잡았으며,

누군가는 돈에 의지하고,

누군가는 열정에 몸을 던진다.

그러나 네 가지는 모두 필요조건.

삶(여행)을 가능하게 하는 최소한의 울타리였다.

동시에 충분조건 열정은,

그 울타리를 넘어 의미를 채우는 불꽃이었다.

출발은 도착을 품고, 도착은 다시 출발을 예고했다.

끝은 곧 시작이었고, 순환은 곧 돌아봄이었다.

필요와 충분조건-둘은 긴장 속에서 하나가 된다.

두 바퀴의 궤적은 끝이 아니라, 다시 시작하는 숨결이다.

옐로우스톤 협곡(미국)

생활 여행자

알프스(유럽)

알프스(유럽)

바이칼 알혼섬(러시아)

바이칼 알혼섬(러시아)

     생활 여행자

카파도키아(튀르키에)

파묵칼레(튀르키에)

아카방고(아프리카)

아카방고(아프리카)

생활 여행자

시베리아(러시아)